AF445628

Capa, Projeto Gráfico e Diagramação
Vanessa Paes Leite

Foto da Capa
Fotógrafa Ironika. Licença fornecida pela shutterstock.com

Revisão
Priscila Calado e Lella Malta

Dados Internacionais de Catalogação na Publicação (CIP)

(Câmara Brasileira do Livro, SP, Brasil)

Leite, Vanessa Paes
Um encontro inesquecível / Vanessa Paes Leite.
-- 1. ed. -- Florianópolis, SC:
Ed. da Autora, 2023. -- (Série mulheres inesquecíveis; 1)

ISBN 978-65-00-68453-7

1. Romance brasileiro I. Título II. Série.

23-153929

CDD-B869.3

Índices para catálogo sistemático:

1. Romances: Literatura brasileira B869.3
Aline Graziele Benitez - Bibliotecária - CRB-1/3129

Para mais informações sobre as obras da autora acesse:

Instagram: @vanessapaesleite
TikTok: @vanessapaesleite
Site: www.vanessapaesleite.com.br
E-mail: contato@vanessapaesleite.com.br

VANESSA PAES LEITE

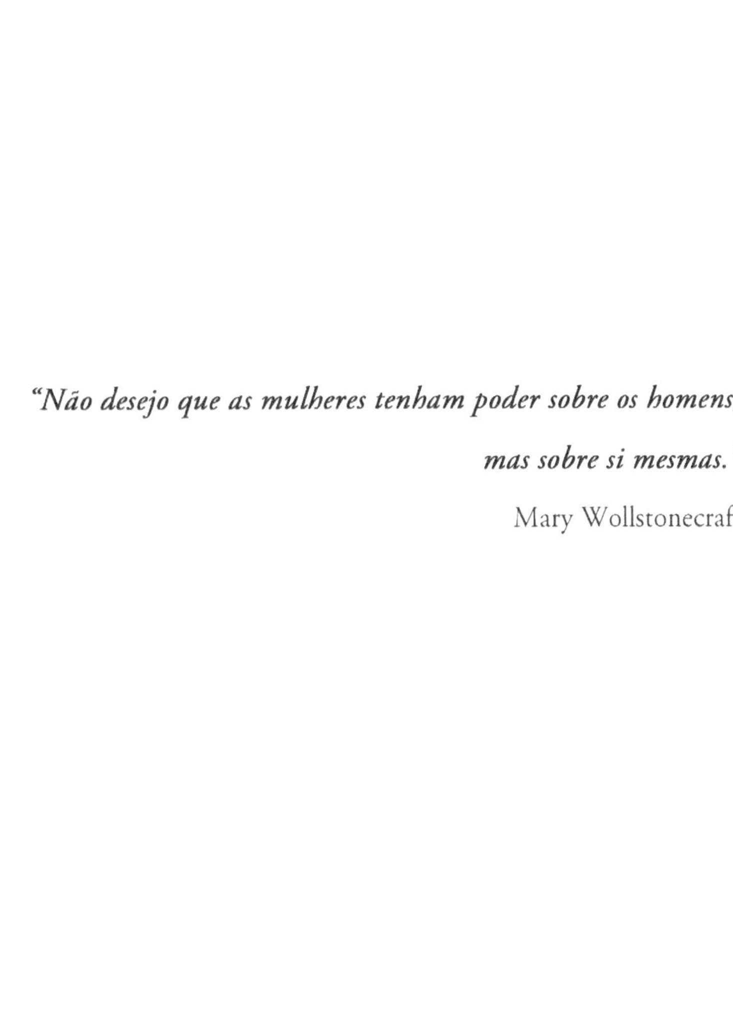

"Não desejo que as mulheres tenham poder sobre os homens,

mas sobre si mesmas."

Mary Wollstonecraft

PRÓLOGO

*L*ady Arabella Spencer sempre soube que se casaria um dia. Afinal, era o que se esperava de uma dama, além, é claro, de gerar filhos, o que não era um problema, pois amava crianças. E tendo duas irmás e um irmão, ambos mais novos, ela já estava acostumada a uma casa cheia e barulhenta.

No entanto, Arabella — ou como ela gostava de ser chamada, Bella — e sua melhor amiga, Jane Grisham, sonhavam com um casamento por amor, independentemente do título de nobreza e da fortuna.

Então, aos 18 anos, enquanto esperava ser apresentada à Rainha Charlotte, pressentia em seu coração acelerado e nas luvas molhadas de suor que hoje seria o começo de uma aventura inesquecível e que no final dela encontraria o marido com quem tanto sonhara.

Assim, conforme observava Jane sendo apresentada à rainha, Bella sentia-se cada vez mais nervosa e com uma leve dor de cabeça, provocada pela quantidade excessiva de penas presas em seus cabelos, uma obrigação imposta pela rainha.

A propósito, Jane tinha uma teoria interessantíssima sobre a razão de sua Majestade ordenar que toda moça em seu dia de estreia usasse aquele tipo de penteado. O motivo mais provável seria a rainha ser meio cega, e as penas gigantes eram necessárias para ela diferenciar as debutantes de seus pais.

Enquanto ri sozinha pela lembrança da teoria de Jane, subitamente escuta lorde Chamberlain anunciando:

— Os honoráveis Conde e Condessa de Sunderland apresentam sua filha

Lady Arabella Spencer.

Sendo puxada discretamente por sua mãe para o salão, Arabella tentava segurar o riso que estava à beira de sair de seus lábios, mas já era tarde demais e a rainha notara o ocorrido.

Perante os olhos fuzilantes da grande soberana, Bella constatou que a teoria de Jane estava errada, sua Majestade não era nem um pouco cega, na verdade ela enxergava, e muito bem.

— Posso saber do que está rindo, Senhorita Spencer?

— Sim, vossa Majestade, por favor, me perdoe! — diz Lady Arabella com grande reverência — Eu estou tão honrada por finalmente conhecê-la que me foi impossível conter tamanha felicidade.

— De fato, eu sou uma pessoa extraordinária para se conhecer! Todos aqui presentes deveriam sentir-se gratos perante tal privilégio — adverte a rainha, olhando os convidados de forma altiva e majestosa.

— Ah, sim, com certeza eu estou, Majestade — diz Arabella, fazendo outra reverência.

— Parabéns, Lady Sunderland, vejo que educou muito bem a sua filha, podem ir agora — ordena a soberana, já entediada.

Devagar e com muito cuidado para não tropeçar na cauda do vestido, Arabella e seus pais caminharam para trás, sem virarem as costas para a rainha, o que seria considerado uma grande ofensa.

Ao chegarem no final do salão, cedem seus lugares à próxima família de nobres.

De forma sorrateira, para não chamar a atenção das outras pessoas, verificando se o local estava vazio, Bella entra em uma antessala, que estava com a porta parcialmente fechada, encosta-se na parede, fecha os seus olhos e respira profundamente diversas vezes, tentando se acalmar após uma apresentação quase desastrosa.

Philip está deitado no sofá, arrependido de ter aceitado o convite de Beaumont para vir ao palácio, relendo o telegrama enviado por seu irmão solicitando a sua volta para casa, então escuta um leve respirar na sala que até então estava silenciosa.

Curioso, ao sentar-se no sofá, procura a origem do som, e vislumbra próximo à porta uma linda moça vestida de branco e dourado, com penas enormes em seus cabelos — grandes demais para o seu pequeno corpo —, de olhos fechados, parecendo uma pombinha assustada, o colo subindo e descendo, como quem tenta se acalmar depois de percorrer um longo percurso.

Passado algum tempo, sem saber ao certo quanto, porém visivelmente muito mais calma, a jovem espia pela porta e levanta o seu braço, acenando, obviamente tentando chamar a atenção de alguém.

Ao se dar conta de que estava sozinho com uma debutante, Philip decide anunciar a sua presença, antes que fossem surpreendidos juntos, o que poderia gerar um pequeno transtorno até a situação ser esclarecida.

De repente, Bella, que tentava chamar a atenção de Jane para vir ao seu encontro, escuta um breve pigarrear em suas costas e uma voz masculina com um leve tom de humor anuncia:

— Com licença, Senhorita!

Espantada, Arabella vira-se para ver quem compartilhava de seu esconderijo, mas atrapalhada, como sempre, acabou prendendo o enfeite da sua cabeça no arranjo floral da porta.

O cavalheiro, vendo a situação da moça, tenta ajudá-la a se soltar.

— Me permite tentar resgatá-la, senhorita?

— Spencer, Arabella Spencer. E, sim, você tem a minha permissão. Por favor, me ajude! Antes que eu acabe com o meu penteado e essas penas arranquem junto todos os meus cabelos e os poucos miolos que ainda me restam — responde constrangida, sem conseguir ver direito quem estava na sala com ela.

— Devo admitir, senhorita Spencer, que eu nunca entendi muito bem esta moda de usar penas nos cabelos, isso não incomoda? Olhando a sua situação atual, me parece um tanto perigoso! — comenta Philip aproximando-se.

— É sim, principalmente quando há velas acesas no ambiente, deve-se sempre estar muito atenta a elas. Além disso, dependendo da quantidade, são pesadas e difíceis de manter presas na cabeça, pois devem permanecer sempre eretas! — responde Bella, puxando com cuidado o adereço, tentando não desmontar o seu penteado, pois precisaria voltar ao salão para ir embora, o que seria um escândalo se fosse vista toda descabelada.

— Uma tortura, com certeza! — acrescenta Philip.

— Sim. E inventada por algum homem a pedido da rainha, é claro — ressalta Arabella rindo da própria piada.

Neste momento, quando finalmente olha para cima, Arabella se depara com os olhos mais azuis que já vira em sua vida, um azul claro e profundo, o azul de um dia límpido, ensolarado e quente de verão.

Os olhos combinavam perfeitamente com o homem alto a sua frente, que estava com a pele bronzeada de alguém que passou muito tempo ao sol sem nenhum cuidado. Aliás, ele cheirava a sol, campo e exibia um sorriso de lado naquele momento que sugeria, aventura e perigo.

Alheio aos seus devaneios, eis que o cavalheiro se encosta casualmente no batente da porta, tentando com isso, de maneira discreta, desprender as penas de um tipo de corda, que servia para atar as flores.

Olhando para dentro da sala, por cima do ombro, ele aconselha:

— Srta. Spencer, de alguma forma que eu desconheço, as penas, juntamente desta corda, fizeram-se um nó que me parece perigoso desfazer sem correr o risco de estragar o ornamento e acabar chamando uma atenção desnecessária para nós. Se me permite, acredito que o melhor seria a senhorita remover os grampos de seus cabelos.

— Droga, esse era o meu medo! — reclama Arabella começando a retirar os vários grampos que prendiam o penteado, deixando alguns caírem no chão. Até que finalmente fica livre de sua prisão.

O cavalheiro, vendo o resultado, entra novamente na sala e recebe um sorriso radiante de agradecimento.

— Muito obrigada pelo seu auxílio, o senhor foi muito gentil, mas antes que eu retorne para o salão, por favor, me diga, como está o meu cabelo? Ele está muito desarrumado? — pergunta Arabella passando a mão na cabeça, tentando ajeitar a tiara enquanto prende o restante dos grampos.

— Bem, acho melhor a senhorita ver por si mesma — e aponta para um espelho.

Caminhando até o aparador onde o espelho estava pendurado, Arabella, em choque, exclama:

— Senhor, isto está horrível! Minha mãe vai me matar! Não posso nem pensar em sair desse jeito daqui, vou virar a piada de toda a sociedade!

Sem conseguir mais segurar o riso, o estranho começa a gargalhar descontroladamente. Em choque por uns cinco segundos, pelo ato tão repentino, Arabella o segue na risada, afinal de contas, ela mesma se colocou nesta situação tão vergonhosa.

Enfim, após ter prendido os seus cabelos, não do jeito que estavam antes, mas de forma quase apresentável, Bella decide que o melhor a fazer é sair dali e esperar por seus pais no jardim do palácio.

Olhando para o homem mais belo que já conhecera, respirando fundo, cria coragem e pergunta:

— Será que eu posso pedir mais um favor ao senhor, se não for muito incômodo?

— Sim, como posso ajudá-la Lady Arabella? — pergunta Philip fazendo uma reverência, acompanhado de um sorriso de cantinho, que Bella já havia considerado *o terror* de toda jovem donzela, e um olhar direto e penetrante, como quem conspira junto com ela.

— Bem, então, o senhor é um homem muito alto e tem esses ombros largos! — comenta Bella, ficando ruborizada — eu poderia caminhar até a saída, utilizando o senhor como escudo, acredito que desta forma, ninguém notará que fui embora, e principalmente a minha aparência.

— Humm, acho que pode dar certo — responde Philip segurando o queixo com a mão, pensando sobre o assunto. — Mas... e as suas penas? — questiona ele em seguida.

— O que tem elas?

— Você quer levá-las?

— Ah não, deixe-as aí, combinam com a decoração — e riem novamente juntos da situação incomum em que se meteram.

Philip sai da antessala seguido por Arabella, que permanece oculta atrás dele. Do outro lado do salão, ele encontra o olhar questionador de seu amigo lorde Beaumont, e aproveita o momento para fazer um sinal com a mão, avisando que estava indo embora. Recebendo como resposta, um aceno de cabeça, de quem havia entendido o recado.

Então, fora do salão da rainha, eles partem correndo até os jardins, sob o olhar reprovador dos funcionários pelos quais eles passaram no caminho.

Finalmente fora do palácio, Bella, ofegante, agradece:

— Obrigada mais uma vez pelo seu auxílio, e principalmente por sua discrição, não sei o que eu faria para sair de lá sozinha sem sua ajuda...

— Não tenho dúvidas de que a senhorita pensaria em algo engenhoso e criativo, Lady Arabella, mas sempre que precisar, estou à sua disposição. Infelizmente preciso ir agora, pois tenho um outro compromisso — despede-se Philip, segurando a pequena mão de Arabella, coberta por uma luva de seda branca, ofertando-lhe um breve beijo, seguido de um suspiro da jovem.

Montado em seu cavalo, o gentil cavalheiro parte, sob o olhar sonhador de Arabella, que tardiamente se dá conta de ter esquecido de perguntar o nome de seu salvador, desejando do fundo de seu coração que pudesse reencontrá-lo novamente.

Mas algo ficou muito claro depois de toda esta aventura, com certeza esta seria uma temporada inesquecível.

CAPÍTULO 1

Arabella

Londres, 05 de fevereiro de 1814.

Querida Arabella,

Sei que você ama o campo e que não se importa de ficar sozinha por tanto tempo, algo que eu nunca vou entender, mas como você bem sabe, Margaret ficou noiva do Marquês de Beaumont e agora é a sua vez de conseguir um marido.

Minha filha rebelde, esqueça o passado, como você fará 21 anos, não podemos mais adiar a sua volta à sociedade. Margaret concordou em se casar no final desta temporada e ser sua acompanhante até lá.

Sendo assim, esperamos por você até o começo de março, para irmos à modista providenciarmos os seus novos vestidos e tudo o que for necessário, para esta temporada.

Com todo carinho de sua mãe,

Mary-Anne

PS: Caso você não chegue até a data estipulada, seu pai irá buscá-la. Então, pare de adiar o inevitável!

♥

Derbyshire. Alguns dias depois...

*A*rabella, com a carta de sua mãe na mão, olha pela janela, e observa a chuva forte que começou a cair naquela manhã.

— Ah, como eu gostaria de ser uma gota de chuva que escorre na vidraça da biblioteca, cada uma percorre um caminho diferente, sem se preocuparem com as demais, algumas se unem, outras não, mas seguem livres em sua forma e jornada.

Não posso voltar para minha vida anterior, aqueles não são mais os meus sonhos, a mulher que fui um dia não existe mais.

Como explicar tudo isso aos meus pais? Pelo menos aqui, longe de todo o caos da Corte, eu posso ser quem realmente sou, sem estar em volta de: fofocas, intrigas, conversas entediantes e, principalmente, dos aproveitadores atrás de um bom dote.

Enfim, não adianta choramingar, preciso criar coragem e pôr em prática o que venho planejando há tanto tempo.

Arabella vai até um canto da sala e puxa o cordão para chamar um criado.

— Como posso ajudá-la, milady?

— Hendeston, chame Daisy, por favor.

Alguns minutos depois, Daisy aparece carregando uma bandeja de biscoitos amanteigados, recém assados e com um bule de chá.

— Com licença, senhorita Arabella, deseja falar comigo?

— Sim, Daisy, recebi uma carta de minha mãe ordenando-me voltar a Londres. Desta vez, ela parece irredutível em seu *convite*, então, você pode começar a preparar nossa bagagem, assim que o tempo estiver melhor partiremos para a capital.

— Finalmente, meu bom Deus, essa menina criou juízo! — agradece Daisy olhando para o teto da sala, ou melhor, o *céu*, com as mãos em prece.

— Daisy! O meu problema não é falta de juízo, mas o *excesso* dele — censura Arabella, exasperada pelo comentário de sua camareira, que a conhece desde a infância.

— Excesso de juízo! — exclama a criada, com a testa franzida de alguém que não acredita nem um pouco no que acabara de ouvir — Arrumarei as nossas coisas, antes que este seu *excesso de juízo* a faça mudar de ideia — Daisy encerra o assunto deixando a sala com um sorriso, pois em breve voltaria ao agito de Londres que tanto lhe fazia falta.

Encostando a testa na vidraça fria, enquanto observa a chuva forte, um trovão, seguido de um relâmpago, rasga o céu. Junto deles uma lembrança. Uma memória há muito tempo não visitada, mas que agora consumia os seus pensamentos.

♥

Londres, 1811. Salão de baile Almack's.

Aos risos, Jane e Arabella adentram ao salão de baile do Almack's, o clube mais exclusivo de Londres e comandado por mulheres de grande poder e fortuna, as Patronesses.

— Jane, pensei que "Silêncio" nunca nos libertaria, ela não parava de falar, com todos aqueles conselhos e sermões sobre como uma dama deve se comportar, totalmente desnecessários. Afinal, temos aula de etiqueta desde a infância — reclama Arabella, revirando os olhos.

— Bella, cuidado com as palavras, sua mãe já a advertiu diversas vezes para não chamar Lady Jersey desse apelido tão contraditório.

— Não consigo, ele é perfeito para ela, sempre esqueço do seu nome verdadeiro, imagina se eu a encontro sozinha?

— Sim, você teria que permanecer literalmente em silêncio. Seria um feito e tanto!

— Jane Grisham! Você está insinuando que falo demais?

— Não, claro que não. Neste quesito, Lady Jersey *ainda* ganha de você.

— Ah, muito bem! Fico satisfeita com o *ainda*, pois detesto perder!

Riem juntas as amigas.

— Então, mudando para assuntos mais importantes, precisamos encher os nossos cartões de dança com os cavalheiros mais admiráveis da temporada, e assim encontrarmos o nosso futuro marido — comenta Jane, balançando o braço com seu cartão preso ao punho.

— Bem observado, sendo nossa primeira vez no Almack's, poderíamos dar uma volta pelo salão e depois experimentarmos um pouco da famosa limonada quente e fraca, desta forma, descobrimos se ela é tão ruim como dizem!

— Gostei da ideia, mas dispensarei a limonada, prefiro não arriscar a minha saúde.

— Pensando melhor, você está certa. Além disso, este poderá ser o baile em que o meu *salvador* finalmente aparecerá, então, eu preciso estar atenta.

— Será, Bella? Este é o nosso quinto baile e ele não apareceu em nenhum deles. Estou cogitando que talvez você tenha imaginado tudo, ou melhor, que você tenha visto um fantasma. Existem diversas lendas sobre aparições como essa no palácio.

— Não, fantasma não! Ele estava bronzeado demais para ser uma pessoa morta, mas confesso que se ele não aparecer logo, também acreditarei que tudo não passou de uma alucinação provocada pelo nervosismo do momento — suspira Arabella nostálgica, ao relembrar do belo cavalheiro.

A Baronesa de Kent, que estivera observando as duas jovens a distância, se aproxima delas.

— Boa noite, senhoritas! Empolgadas com a temporada? — cumprimenta Lady Kent, que recebe uma pequena reverência das jovens.

— Sim, milady! Está sendo uma aventura, tudo é novo e empolgante. No último baile, na casa de Lady Sefton, dançamos até o amanhecer. Foi sensacional! — exclama animada Arabella.

— Vocês fazem bem em aproveitarem cada momento. No meu tempo de debutante, eu também permanecia até o final dos bailes, isso antes de ficar noiva, é claro, não sei se vocês sabem, mas fiquei comprometida na minha primeira temporada e com um barão muito rico! — sussurra-lhes a dama.

— Ah, nós sabemos! Como está a saúde de milorde? — indaga Jane com um leve tom de deboche, pois é conhecido de todos que a baronesa se casou por fortuna e título, e com um homem muito mais velho do que ela.

Aliás, grande parte da sociedade seguia pelo mesmo caminho, acreditando que para se ter um bom casamento são necessárias duas coisas: título e fortuna.

No entanto, Jane e Bella, com seus suntuosos dotes, traziam a esperança de casarem-se por amor, ou assim pensavam...

O que elas não sabiam, ou esqueceram de considerar, foram os pretendentes à procura de um bom dote para quitar suas dívidas.

Enquanto isso, Arabella, notando o rosto vermelho de raiva da baronesa, permaneceu calada, tentando não rir da situação, ou falar alguma bobagem que deixasse a dama ainda mais irritada.

— Ele está bem, obrigada por perguntar, senhorita Grisham! Lorde Kent está na sala de jogos, se isto for de seu *interesse*. Ele não aprecia dançar, mas tenho a sorte de contar com meu velho amigo, o senhor Desmond Grant, segundo filho do Visconde de Rathbone, as senhoritas o conhecem?

— Não tivemos a honra, milady — respondem juntas.

— Ah, então faço questão de apresentá-lo às senhoritas. Se gostam tanto de dançar, Grant é o parceiro ideal.

Lady Kent acena para o amigo, que vem em sua direção.

Arabella e Jane se entreolham, pois o cavalheiro se aproximando era lindo como um anjo. Tem cabelos cacheados e dourados, é alto, veste um casaco de veludo cinza-escuro e um colete de seda prateado, e está sorrindo, com covinhas na face.

Ao se aproximar do grupo, Desmond cumprimenta Lady Kent, efetuando uma reverência e beijando-lhe a mão. Logo em seguida, a dama o apresenta às jovens debutantes.

— Grant, querido, gostaria de apresentá-lo às minhas novas amigas, Lady Arabella Spencer filha do Conde de Sunderland, e Lady Jane Grisham, filha do Visconde de Munthorpe.

— Que moças encantadoras! — elogia Desmond, fazendo uma reverência para cada uma — Gostam de dançar, senhoritas?

— Sim, adoramos! — admite Arabella, entusiasmada.

— Ótimo! Se me permitirem, gostaria de reservar uma dança com as senhoritas — sugere Desmond, em um tom divertido.

— Sim, permitimos! — exclamam juntas as debutantes, oferecendo seus cartões de dança para o cavalheiro escrever seu nome neles, enquanto deixam escapar risadinhas de prazer.

Desmond, percebendo que a orquestra terminara de tocar a quadrilha, e vendo um olhar sugestivo da baronesa para ele, pergunta:

— Lady Spencer, a senhorita me daria a honra desta dança? — convida Desmond com um sorriso nos lábios, os olhos fixos nos dela e uma promessa de diversão pairando no ar.

— Sim, eu adoraria! — aceita Arabella, retribuindo o sorriso, apoiando a sua mão na do cavalheiro, que a leva à pista de dança.

Enquanto caminham juntos até o centro do salão, Desmond olha por cima do ombro e oferece uma piscadela para Jane, que ruborizada abaixa a cabeça, tentando esconder o sorriso de satisfação.

Tudo isso sob o olhar atento da Baronesa de Kent.

♥

Derbyshire, 1814. Casa de campo da família Sunderland.

Fui tão ingênua... Este foi o dia em que a minha vida mudou para sempre. Ele destruiu todos os meus sonhos e a minha inocência.

Foram necessários três anos longe da sociedade para conseguir me recuperar do que ele me fez, e principalmente do que ele fez para Jane.

Agora, chegou o momento de revelar a todos quem é o verdadeiro Desmond Grant.

CAPÍTULO 2

Arabella

Londres. Casa Sunderland.

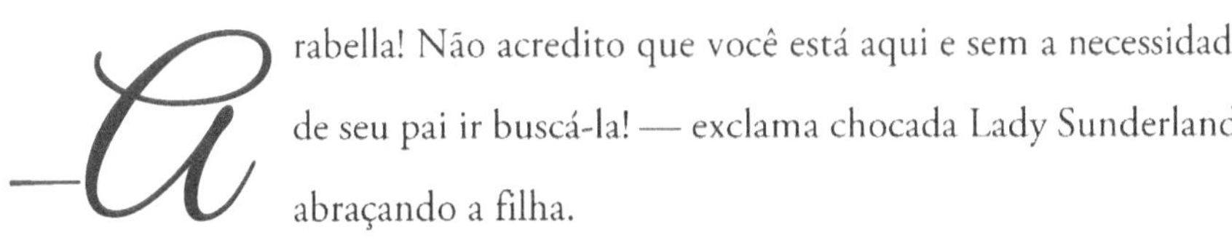

rabella! Não acredito que você está aqui e sem a necessidade de seu pai ir buscá-la! — exclama chocada Lady Sunderland, abraçando a filha.

— Cheguei à conclusão de que a senhora estava certa, passou-se tempo demais para eu continuar remoendo o passado, estava mais do que na hora de seguir em frente. Além disso, com Meg noiva, Emma e Benjamin ainda muito novos, quem ocuparia todo o tempo da senhora nesta temporada? — graceja a filha.

— Bem, temos os preparativos para o casamento de Meg, mas ela insiste em fazer tudo sozinha do jeito dela, então, estou sendo de pouca ajuda.

— Ah, mas a senhora ficará feliz agora, pois precisarei de todo o seu auxílio para conseguir inteirar-me: dos vestidos e tecidos que estão na moda, os bailes mais importantes, os cavalheiros elegíveis, e talvez... Algumas fofocas interessantes sobre o que está acontecendo na sociedade. Quero saber de tudo!

De repente, mãe e filha escutam um barulho alto, como uma cavalaria a galope, virando-se em direção ao som, proveniente da escadaria, surgem correndo Emma e Benjamin.

— Bella, você chegou! Estava com tantas saudades de você! — exclama

Emma, abraçando a irmã com força, pois não a via há meses. — Agora sim iremos nos divertir, está tudo muito entediante desde que Meg ficou noiva, todos só falam do casamento.

— Pois eu também estava com muitas saudades de você! — confessa Bella abraçando de volta a irmãzinha, sentindo o perfume doce de seus cabelos.

— E de mim, irmã, também estava com saudades? — pergunta Benjamin.

— Sim! Também senti muito a sua falta, Ben! Nossa, espera um instante, você está mais alto do que eu? Como isso é possível desde o Natal? — questiona Bella abraçando o irmão de apenas quatorze anos, mas uns dez centímetros mais alto do que ela.

— Por sorte estou crescendo, um homem precisa ser grande e forte. Nosso pai diz que crescerei ainda mais! — anuncia orgulhoso Benjamim, mantendo a coluna ereta e o peito estufado.

— Ben, se preocupe em ser um homem honrado, gentil, e que não passe por cima das pessoas para conseguir o que deseja, ao invés de se importar com o que os outros alegam que a sua aparência deveria ser.

— Bella, você tem cada ideia estranha... Óbvio que todo homem deve ter as características que você mencionou, senão, ele não seria digno de ser considerado um cavalheiro — retruca ele revirando os olhos.

— Ah, meu querido irmãozinho! Você perceberá, com o tempo, que existem muitos homens que ostentam o título de cavalheiros, mas sem possuírem nenhuma dessas qualidades.

— Que isso, crianças! Chega dessa conversa tão séria. Pedirei para trazerem o chá e assim Bella poderá nos contar como foi o seu período em Derbyshire — censura Lady Sunderland mudando de assunto.

— E alguma comida, pois estou faminto!

— Você está sempre faminto, Ben, se não prestarmos atenção você come todo o lanche sozinho — alerta Emma.

Enquanto se dirigem para a sala de visitas, Arabella se dá conta da ausência de dois membros da família.

— Papai e Meg, onde estão?

— Meg foi passear no Hide Park com o Marquês de Beaumont, se ela soubesse que você chegaria hoje, com certeza não teria saído de casa. O seu pai tinha sessão no parlamento e provavelmente deve passar no *White's* para beber com os amigos antes de voltar para casa — responde a senhora Sunderland.

Acomodados na sala de visitas, Arabella relata como foram seus últimos meses em Derbyshire, desde que vira a família no Natal.

Ela conta sobre sua participação em um campeonato de bridge, no bar local, e que havia conquistado o segundo lugar na disputa, o que deixou sua mãe horrorizada por tal atitude da filha. Afinal, ela era uma dama e não deveria frequentar bares, principalmente sozinha.

Seus irmãos mais novos escutaram extasiados as histórias e decidiram criar o primeiro campeonato de bridge da família.

Durante a conversa animada, lorde Sunderland chega em casa, seguido, não muito tempo depois, por Margaret — irmã dois anos mais nova do que Arabella.

Margaret era mais alta do que Bella, com cabelos castanhos ondulados e olhos cor de mel, diferente de Bella, que possuía cabelos negros e olhos castanhos com pintinhas verdes, visíveis quando observadas bem de perto.

Após o jantar com toda a família reunida, Meg vai até o quarto de Bella para dormirem juntas e conversarem sobre assuntos mais íntimos.

— Ufa... finalmente estamos a sós! — exclama Meg se deitando na cama.

— Eu também estava ansiosa para estarmos sozinhas. Você não deveria ter adiado o seu casamento por minha causa — censura Arabella.

— Ah, eu sei que não precisava, mas pensei que seria divertido passarmos uma temporada juntas. Além do mais, não estou nem um pouco triste por ficar mais um tempo solteira — confessa a irmã de forma insinuante.

— Como assim, Meg, o que você anda aprontando? — questiona apreensiva a irmã mais velha.

— Bem, Charles, vem me ensinando algumas coisas... Coisas permitidas somente quando se é casada. Ele diz que desta forma não ficarei apreensiva quando chegar a lua de mel — confessa Meg, deitando-se de costas na cama, levantando os braços acima da cabeça, olhos fechados e um sorriso de alguém que revisita uma lembrança feliz.

— Ensinando exatamente o quê?!

— Ah, ele me ensinou a beijar — sussurra Meg, enquanto risadinhas escapam de sua boca.

— E beijar precisa ser ensinado? Não é apenas um encontro de lábios? — questiona Bella, com uma ruga entre as sobrancelhas, analisando logicamente o assunto.

— Eu também acreditava ser somente isso, mas não, há muito mais coisas envolvidas no ato... No início, Charles apenas encostava os seus lábios nos meus, leve e delicadamente. O que já era suficiente para me deixar toda arrepiada.

— Interessante...

— Outras vezes, junto do beijo, ele acariciava a minha face com seus dedos, ou as costas de sua mão. Ah... a sensação de ser beijada assim, com tanto cuidado e carinho, é... simplesmente maravilhosa.

— Parece incrível!

— É muito bom, mas ainda não cheguei na parte incrível. Então, teve o dia em que ele aprofundou ainda mais o beijo. Com seus lábios ele abriu a minha boca e pôs a sua língua dentro dela.

— Não sei se fico com nojo ou fascinada!

— É um pouco estranho no começo, admito.

— E depois, o que ele fez? Não me esconda nada! — insiste Arabella, ainda mais curiosa.

Rindo, a irmã continua...

— Com meus lábios abertos, a língua dele encontrou a minha e com um roçar tênue ele a envolveu por um tempo. Em seguida, ele a circulou com movimentos ora lentos, ora revoltos e desesperados, ou navegava pelo céu de minha boca.

— E, como era a sensação de ser beijada dessa forma?

— Não sei se consigo lhe explicar com palavras, mas tentarei... Na primeira vez, eu deixei a minha língua parada, sem saber o que fazer e sem entender o que estava sentindo. Me parecia um frio na barriga, não era uma sensação ruim, era boa. Então, tive a ideia de imitá-lo, ou seja, eu também comecei a movimentar a minha língua, da mesma forma como ele fazia com a dele.

— E o que aconteceu quando você fez isso?

— Quando fiz isso... ele suspirou e me abraçou com força, era como se as nossas línguas, em círculos, dançassem uma valsa. Você já dançou valsa, Bella?

— Cheguei a ter uma aula, mas não dancei quando debutei. Na minha época, não era comum tocarem valsas nos bailes.

— Hoje, ainda não é muito comum a tocarem, mas quando acontece é mágico!

— Tudo bem, mas ainda não entendi o que o beijo tem a ver com a valsa.

— Bem, quando você está nos braços do seu parceiro, você se sente excitada, pelos giros e pela proximidade que a dança permite. Às vezes, você até esquece de respirar e perde o fôlego. Outras vezes, pode ficar um pouco tonta.

— Sim, acho que sim.

— Um beijo de língua, ou melhor, um beijo de verdade, como Charles o chama, é como uma valsa. Ele te deixa tonta e rouba o fôlego. O seu parceiro se torna o seu amparo. Os braços dele são tudo o que a mantém em pé, pois as suas pernas não respondem mais, e o seu corpo deseja ficar o mais próximo possível do seu sustento.

Bella, que estava deitada de lado, observando a irmã, vira-se de costas e, com os olhos fechados, suspira.

— Depois, as mãos se tornam frenéticas. Elas passam a procurar o corpo um do outro, como se precisassem ter certeza de que a pessoa junto a você realmente existe. Um beijo de verdade é tão delicioso, que você poderia alimentar-se dele por dias. A comida ou bebida perdem a importância. Todo o seu ser deseja apenas aqueles lábios e o que eles escondem. É ele quem mata a sua sede. É ele quem te alimenta. Ah, eu poderia viver somente dos beijos do meu amor, e esqueceria de todo o resto — conclui Meg suspirando.

Ambas as irmãs suspiram e se deitam de lado, uma olhando para a outra, cúmplices de uma história de amor e desejo.

— Compreendo agora, quando você comentou que não tinha chegado na parte *incrível* da história — recorda Bella, segurando a mão da irmã — fico feliz por você. Pena que a minha estreia na sociedade não tenha sido uma experiência tão boa quanto a sua.

— Desculpe, Bella. Eu a deixei triste? Não era a minha intenção fazê-la se lembrar de um momento doloroso.

— Não se preocupe, Meg, estou bem! Apenas... decepcionada e zangada quando penso na possibilidade de as coisas terem sido diferentes.

— Então, vamos mudar de assunto. Você já pensou no que fará, ou dirá às pessoas quando elas souberem que você voltou? Porque eu não tenho dúvidas que elas lembrarão a todos o que ocorreu com você e Jane naquela época.

— Sim, eu sei que isso acontecerá, mas não me deixarei abater por causa deles. Serei fiel à verdade e aos meus princípios, e estes serão os meus guias para as decisões que irei tomar — anuncia determinada Arabella.

— Estou curiosa, você tem tido notícias de Jane?

— Sim, passei na casa dela antes de vir para cá.

— É mesmo? Estou surpresa, não sabia que vocês ainda se falavam. Como ela está? O senhor Grant relata para todos que Jane prefere viver no campo com o filho deles, por ser mais saudável e calmo para a criança. No entanto, muitos não acreditam nessa história. Existem algumas fofocas sobre o motivo real de ela permanecer afastada por todos esses anos.

— O que eles falam?

— Alguns dizem que a gravidez acabou com a beleza dela e que por esse motivo Grant perdeu o interesse. Outros espalham que ele tem várias amantes e que prefere viver na devassidão a ficar com a esposa e o filho. E tem os mais maldosos, que acreditam que a criança nasceu com algum problema, e isso justificaria nem ela e nem o bebê nunca terem sido vistos em Londres.

— As pessoas podem ser horríveis! Entretanto, não estão todos errados, ele realmente prefere ficar com *a amante* do que com Jane e o filho. Eles morando em Londres só atrapalharia o caso deles.

— A amante! Somente uma? — questiona Meg sem acreditar. — Eu o vi algumas vezes acompanhado por várias mulheres diferentes.

— As outras mulheres são meras distrações quando *ela* não pode estar com ele. Para Desmond Grant, só existe uma mulher. E, esta mulher se chama: Baronesa de Kent — explica Bella sentindo um amargor na boca.

— *Nãooo*, eu não fazia ideia! Nunca me pareceu que eles tivessem algo mais do que apenas uma amizade. Como você sabe disso, Bella?

— Você era muito jovem para saber de todos os fatos do que houve comigo na minha primeira temporada. Nossos pais acharam melhor contarem a você, Emma e Benjamin apenas parte da história, mas agora está na hora de você conhecer toda a verdade.

— Eu gostaria de saber, irmã, mas somente se você desejar me contar — sugere Meg, sentando-se na cama e apoiando as costas na cabeceira.

Arabella fecha seus olhos e retorna em suas memórias, ao dia em que ela e Jane conheceram Desmond Grant e aos acontecimentos que se sucederam desde então.

— No dia seguinte ao meu primeiro baile no Almack's, recebi uma visita inesperada, era Desmond. Você se recorda disso, Meg?

— Acho que sim. Lembro que ele foi muito simpático. Eu e mamãe fizemos companhia a ele na sala de visitas, até você chegar. Depois disso, ele foi várias vezes à nossa casa para ver você.

— Então, a partir desse dia, ele começou a me cortejar, falava palavras bonitas, de como gostava de mim, que estava encantado pela minha beleza, e outras coisas que sonhamos em ouvir de um homem. Assim, eu fui me apaixonando por ele. No baile de Lady Castlereath, ele me disse que gostaria de ficar a sós comigo, pois tinha uma pergunta importante a fazer. Naquele momento, eu soube que ele me pediria em casamento. Desta forma, quando o vi saindo do baile sozinho em direção ao jardim, eu não pensei duas vezes e o segui. Foi neste dia que eu descobri o plano deles...

♥

Londres, 1811. Jardim da casa Castlereath.

Arabella seguiu Desmond pelo jardim esperando ficar a sós com ele, onde o encontrou próximo ao muro que cercava a propriedade, local que era bastante afastado da casa principal, além de ser oculto por uma grande árvore e algumas cercas vivas de mais ou menos um metro e meio de altura.

Ela não conhecia aquela parte do jardim, mas lhe parecia um bom esconderijo para não serem vistos por nenhum convidado. Além do mais, com a lua cheia daquela noite, seria o cenário perfeito para o pedido.

Enquanto se aproximava do local, ela escutou algumas vozes, sendo uma delas de uma mulher. Estranhando a situação, ela resolveu se aproximar silenciosamente para não chamar a atenção deles, é neste momento que visualiza a cena que partiria seu coração.

Desmond estava beijando e acariciando fervorosamente a Baronesa de Kent.

A jovem permaneceu oculta pelas cercas naturais, e tentou com todas as suas forças não emitir nenhum som de choro, enquanto as lágrimas escorriam pelos seus olhos.

— Ah, meu querido, que saudades eu estava de você — ronrona a Baronesa.

— Eu também, meu amor, agora falta pouco para eu sanar todas as minhas pendências. Hoje, pedirei a mão da garota Spencer em casamento. Fechando o contrato de noivado, estarei livre das minhas dívidas e, assim, desfrutaremos juntos do dinheiro do dote e das propriedades que conseguirei barganhar com o pai dela. Apenas preciso ter paciência e manter por mais algum tempo esse teatro — revela Desmond em tom de triunfo e alívio.

— E a garota Grisham, também está em suas mãos?

— Sim, você vai adorar a forma como eu cuidei da situação. Falei para Arabella que sua amiga Jane se declarou apaixonada por mim, mas eu não poderia corresponder ao sentimento, pois estava interessado em outra dama.

— E ela acreditou?

— É claro! Eu posso ser bastante convincente. Além disso, expus para Arabella que era por *ela* que havia me encantado. Então, lhe pedi permissão para cortejá-la. Entretanto, como sou um homem honrado e de boa índole, encontraria uma forma de não magoar Jane, pois sabia que ela era uma jovem bondosa e gentil, e que por isto merecia todo o meu respeito e consideração.

A Baronesa gargalhou de contentamento ao ouvir o relato de seu amante.

— Sendo assim, sabendo que eu partiria o coração de sua melhor amiga, ela concordou que eu a visitasse de vez em quando, com o propósito de tentar persuadi-la a desistir de seus sentimentos por mim. Depois, contei a mesma história para Jane — confessa rindo Desmond.

— Você é um gênio, meu amor!

— Obrigado, obrigado, obrigado! — agradece Desmond, fazendo diversas reverências, como para uma plateia imaginária, enquanto a baronesa ria e batia palmas de satisfação.

— Hoje à noite vou levar Arabella para o coreto e a pedirei em casamento. Depois, irei beijá-la e deixá-la um pouco mais exposta, se é que você me entende... — ironiza ele passando as mãos nos seios dela.

— Ah, seu menino malvado! Ela nem vai saber o que lhe aconteceu — declara a baronesa, gemendo pelas carícias de seu amante, que estava com as mãos massageando seus seios e a boca lhe beijando colo.

— Calma querido, não podemos nos demorar muito — sussurra entre ofegantes respirações, afastando-se um pouco.

— Quando eu estiver saindo com a garota, eu lhe farei um sinal, e você vai até o coreto com o maior número de pessoas que você conseguir arrebanhar para nos pegar em flagrante. Assim, serei obrigado a me casar com ela. É quando eu entro com a nossa outra jogada. Direi que só me casarei com Arabella se receber uma quantia mensal e algumas propriedades muito bem localizadas, além, é claro, do suntuoso dote. Lorde Sunderland jamais permitiria que sua filhinha ficasse arruinada, o que seria prejudicial não somente a ela, mas para todas as suas outras filhas.

— Caso algo saia errado, você tem a melhor amiga para pedir em casamento. Os Munthorpe não são tão ricos quanto os Sunderland, mas também nos serve — conclui satisfeita a Baronesa, ajeitando o casaco do amante e lhe dando um último beijo.

— Bem, precisamos voltar agora, antes que alguém sinta a nossa falta. Você vai primeiro, e depois de alguns minutos eu te sigo.

— Claro, querido, como sempre fazemos.

Escutando que eles voltariam para a festa, Arabella, que estava escondida por todo este tempo, caminha até uma outra sebe e espera ali, quieta, até eles irem embora.

Depois de ter certeza de que estava totalmente sozinha, ela suspirou alto, mas desta vez sem lágrimas, pois agora era a raiva e o nojo que a dominavam, precisava retornar ao baile e contar a Jane tudo o que acontecera.

Para não correr o risco de eles a virem voltando pela entrada do jardim, Bella procura por um acesso lateral, lembrava que a biblioteca tinha uma porta ali perto, na esperança de que ela não estivesse trancada, ela parte para o local, e assim consegue entrar novamente na casa. Agora, ela precisava voltar ao salão de festas e encontrar sua amiga.

Inspecionando o salão, ela vê Jane dançando com Lockhart, conclui que é melhor esperar junto de seus pais, enquanto a amiga termina de dançar, uma vez que não poderia interrompê-la sem chamar a atenção dos outros convidados. Ela precisava permanecer calma e agir com prudência.

Contudo, para piorar a situação, Desmond a encontrou e a convidou para dançar. Infelizmente, como mandava a etiqueta, ela não poderia recusar o convite, principalmente na frente de seus pais, que estranhariam a situação.

— Você está bem, milady? — indaga Desmond, enquanto dançam, estranhando o silêncio da parceira que geralmente era muito falante.

— Sim — replica Bella, não conseguindo falar muito mais do que isso, sem correr o risco de avançar no pescoço do cafajeste.

— Estranho... A senhorita está tão séria, diria até que parece estar brava comigo, apesar de não imaginar um motivo para isso — declara Desmond, com uma expressão inocente no rosto. Ou melhor, um demônio com cara de anjo, como pensava naquele momento Arabella.

Quando finalmente a dança termina, ela tenta partir em busca de sua amiga, mas é impedida por ele, que a segura pelo braço e a leva para o outro lado do salão, próximo a saída para o jardim.

— Gostaria de falar com a senhorita a sós, se me permitir. Preciso lhe fazer uma pergunta importante. O que acha de darmos um passeio pelo jardim?

Senhor! Ela não aguentava mais tanta falsidade.

— Não, eu não quero dar uma volta. Se me der licença, retornarei à companhia de meus pais. Estou cansada e desejo ir embora — retruca com o resto da sua calma se esvaindo.

— Querida, se você está indisposta, uma caminhada pelo jardim lhe fará bem. Além do mais, prometo que tornarei a sua noite inesquecível. Você não irá se arrepender, vamos? — convida ele novamente, mas desta vez, notando que de fato algo estava errado.

— Eu não vou a lugar nenhum com o senhor, agora me deixe ir! — objeta Arabella, sem paciência, tentando desvencilhar o seu braço da mão dele.

— O que está havendo, minha querida? Por que tanta hostilidade? Fiz algo que a deixou desconfortável? — questiona Desmond, enquanto tenta levá-la para o jardim, começando a ficar irritado com a jovem.

— Sim, o senhor fez! Eu sei de todo o seu plano com a Baronesa de Kent. Então, me solte agora, antes que eu faça um escândalo e diga a todos quem verdadeiramente vocês são — sussurra com raiva Arabella, enquanto observa a mudança na face do impostor.

A máscara se desfaz e o rosto angelical que a todos conquistava é substituída por olhos astutos, lábios comprimidos pela ira e narinas dilatadas. Ele respira pesadamente, como um touro enfurecido.

— É mesmo, milady? E que plano seria este, que esta cabecinha tão fantasiosa criou? — urra o touro, encarando a sua presa, enquanto aperta ainda mais o seu braço.

— Eu não fantasiei nada! Eu estava presente no jardim quando você se encontrou com a baronesa, e escutei tudo o que vocês falaram. Sobre me conquistar pelo meu dote, de me levar lá para fora, no coreto, certo? Depois, tentar me desonrar publicamente para que eu fosse obrigada a me casar com você. Ah, e não vamos nos esquecer, da chantagem que você faria com o meu pai, para você aceitar se casar comigo, e assim, não arruinar a mim e as minhas irmãs — explode Arabella revoltada.

Entretanto, algo inesperado acontece. Desmond começa a rir.

— Ah, sua idiota! Você não faz ideia com quem está falando. É melhor ficar quieta e não contar a ninguém sobre isso. Porque se você pensa que perdi todo esse tempo contigo para não ganhar nada, está muito enganada. Acabo com a senhorita antes que isso aconteça! — ameaça Desmond, soltando o braço dela, e olhando ao redor, para verificar se alguma pessoa notou a discussão entre eles.

— Eu não tenho medo de você, seu desgraçado! Vou procurar Jane e contar tudo a ela e você ficará sem nada. Depois avisarei a todas as debutantes sobre o canalha desprezível que você é!

— Boa sorte, senhorita! Você jogou suas cartas. Agora, vamos ver quem ganha o jogo — responde ele com desprezo.

Arabella sai em busca de sua amiga e quando olha para trás, vê Desmond a observando com um olhar de puro ódio. Retornando para junto de seus pais, ela pergunta a eles sobre a localização de Jane, os quais lhe informam que ela havia partido alguns minutos atrás.

— Mas eu preciso muito falar com ela, mamãe. É algo importante!

— Filha, está tarde e estou extremamente cansada. Amanhã você pode visitar Jane, como sempre vocês fazem desde que se tornaram amigas. Se não é você na casa dela, é ela em nossa casa. Então, qualquer assunto que você tenha para tratar, pode esperar até o dia seguinte — encerra a conversa a senhora Sunderland.

Sem alternativas, ela concorda com sua mãe. No entanto, precisaria acordar cedo para ir à casa de Jane e lhe contar sobre os eventos daquela noite fatídica.

Após a saída de Arabella do baile, Desmond relata a Baronesa sobre a discussão que tiveram, a qual imediatamente elabora um novo plano.

Naquela noite, iniciou-se um boato...

A história era sobre uma jovem debutante que estava desesperadamente apaixonada por um homem que amava outra. Rejeitada, começou a persegui-lo na tentativa de conquistá-lo, mas sem sucesso. Então, enlouquecida pelo amor, decidira inventar histórias terríveis sobre ele, para que a concorrência desistisse de seu amado e não houvesse outra opção a não ser desposá-la.

Nomes foram sussurrados e o rumor se espalhou rapidamente pelo salão, enquanto a Baronesa de Kent observava orgulhosa o seu poder de estratégia e manipulação. Afinal, ela sabia jogar muito bem aquele jogo, e não seria uma garotinha patética que iria estragar os seus planos.

Nesse meio tempo, Jane escuta um barulho em sua janela. Ao abri-la, vislumbra Desmond em seu quintal, que estava jogando pedrinhas em sua vidraça. Como ele sabia qual era o seu quarto, era um mistério. Um mistério bastante tentador.

Ele faz um sinal para ela descer e Jane sorrateiramente sai escondida de sua casa para encontrá-lo.

Desmond confessa estar completamente apaixonado por ela, e que iria pedi-la em casamento naquela noite. Contudo, quando fora contar a novidade para Arabella, ela ficara transtornada de ciúmes, confessou mais uma vez que o amava e ameaçou fazer um escândalo caso ele prosseguisse com os seus planos.

Jane, em defesa da amiga, se recusou a acreditar naquela história e pensou que poderia ter ocorrido algum mal-entendido. Então, achou melhor conversar com Arabella no dia seguinte.

— Minha querida, eu a amo tanto, não posso perdê-la. Não sei o que seria da minha vida sem você. Por favor, eu não estou mentindo e nem equivocado. A senhorita Spencer ameaçou inventar mentiras sobre mim e que as contaria para você e as suas amigas. Assim, eu não teria outra opção, senão me casar com ela. Você não entende, Jane? Ela fará de tudo para nos separar!

— Não pode ser verdade, Desmond. Bella não faria algo tão horrível. É melhor eu conversar com ela amanhã e nos acertarmos sobre isso.

— Tudo bem, meu amor. Mas antes, prometa que se casará comigo.

Ele se ajoelha, retira do bolso de seu casaco uma aliança e a oferece para Jane, que com os olhos marejados e o coração cheio dos mais doces sentimentos, aceita o pedido.

Então, Desmond se levanta e beija sua noiva. Um beijo intenso e arrebatador. Um beijo, que ele reservava somente para a sua baronesa, mas que neste momento, era uma ferramenta necessária para deixá-la completamente envolvida por ele.

Quando o beijo termina, ele vê nos olhos de Jane o amor e a paixão que ele esperava despertar.

— Ah, minha querida, meu doce amor. Me prometa mais uma vez que, não importa o que a sua amiga diga, você acreditará em mim.

— Sim, eu prometo — responde suspirando Jane, ainda meio tonta pelo beijo incrível que recebera.

— Obrigado, amor! Você me deixou mais calmo. Informe aos seus pais que amanhã bem cedo virei com o meu irmão até a sua casa, e pedirei a eles a sua mão em casamento.

— Combinado!

Assim, ele a beija mais uma vez, selando o seu compromisso.

Na manhã do dia posterior ao baile, Arabella parte para a casa de Jane, mas ao chegar no local, nota a carruagem com o brasão da família Rathbone estacionada na frente.

— Nãããã00! Não pode ser, cheguei tarde demais! Eu preciso impedi-la de se casar com esse patife.

Ela se dirige até a porta de entrada da casa Munthorpe, bate na porta e é atendida pelo mordomo.

Visivelmente alterada, ela pede para falar com sua amiga, onde a encontra na sala de visitas, na companhia de sua mãe e irmãs. Ambas aguardavam lorde Munthorpe, o Visconde de Rathbone — irmão mais velho de Desmond — e o próprio Desmond, trancados no escritório, negociando o noivado.

— Bella, que bom te ver! Tenho uma notícia maravilhosa para te contar. Desmond me pediu em casamento. Olha que lindo! — exclama Jane feliz, mostrando a aliança em seu dedo.

Engolindo em seco, Arabella pergunta se elas poderiam conversar a sós. Jane concorda e enquanto sobem até o quarto da amiga, ela reza para todos os deuses para que ainda houvesse tempo de evitar uma tragédia. Quando finalmente estão a sós, narra os eventos da noite anterior.

Após escutar em silêncio todo o relato, Jane, séria, se afasta de Arabella e comenta:

— Desmond me alertou sobre o que você faria quando soubesse que havíamos ficado noivos, mas eu não quis acreditar nas palavras dele.

— Como assim, o que ele te falou?

— Que você está apaixonada por ele, e que faria qualquer coisa para acabar com o nosso noivado — revela com tristeza Jane. — Por que isso tudo, Bella? Você não pode ficar feliz por mim? Desmond não te ama!

— Eu não o amo. Acho que estava apaixonada por ele. Nem sei mais, depois de tudo o que aconteceu, mas acredite em mim, por favor. Eu não estou mentindo, o mentiroso aqui é ele. Ele enganou a nós duas. Desmond e a Baronesa de Kent são dois vermes desprezíveis, capazes de tudo para conseguirem o que desejam.

— Bella, me desculpe, mas eu não acredito em você. Acho melhor você ir embora. Vá para casa e pense em suas ações. Isso que você está fazendo, não é certo.

— Por favor, eu estou falando a verdade! Nos conhecemos desde criança, você sabe que não sou mentirosa. Não se case com ele, Jane. Desmond vai arruinar a sua vida — suplica mais uma vez Arabella.

— Não é mentirosa? E a história do seu "salvador", aquilo não foi uma invenção sua? Um homem que nunca vimos, que desapareceu do nada. Tentei acreditar em você, mas até para mim aquele episódio foi estranho. Penas presas e ele ajudando-a a sair escondida do salão. Quem faz uma coisa dessas, Bella? Agora, percebo que tudo não passou de um delírio seu, como você está fazendo agora.

— Eu não inventei nada. Essas coisas realmente aconteceram. Não estou mentindo. E, principalmente, jamais a enganaria sobre um assunto tão sério. Eu te amo e nunca faria algo que pudesse magoá-la. Desmond Grant é um canalha e amante da Baronesa de Kent. Ele está cheio de dívidas e precisa de uma esposa rica para salvá-lo. Esta é toda a verdade, e se você se casar com ele será relegada a viver no campo, sozinha, bem longe daqui, para ele usufruir do seu dinheiro com *ela*! — explode Arabella, falando tudo de uma só vez.

— Vai embora, Bella! Não quero mais vê-la, nunca mais.

— Jane...

— Sai daqui, Bella! — grita Jane.

Arabella parte do quarto aos prantos, e acaba encontrando no corredor Desmond fechando a porta do escritório de lorde Munthorpe.

Ele a olha com triunfo e superioridade, afinal, uma garotinha nunca seria páreo para ele.

Ela sai correndo da propriedade, chorando copiosamente. Chegando em casa, se joga em sua cama e ali permanece desolada.

A senhora Sunderland, que fora alertada pelos criados sobre o estado de sua filha, entra no quarto e tenta descobrir o ocorrido.

Arabella, sem saber mais a quem recorrer, relata para sua mãe toda a história, desde a noite do baile até os eventos daquela manhã.

— Você acredita em mim, mamãe? — indaga, com medo de sua mãe também não acreditar nela.

— Sim, acredito. Mandamos investigar Grant depois que ele começou a cortejá-la. Sabíamos que ele estava bastante endividado, mas como ele sempre foi muito gentil, educado, de uma boa família e por julgarmos que você estava apaixonada, seu pai e eu concordamos que se caso você assim desejasse, consentiríamos o noivado — revela a senhora Sunderland, enquanto acaricia os cabelos da filha, que se aconchega em seus braços.

— E por que não me contaram sobre isso?

— Bom, em nossa defesa, pensamos que a jogatina fosse devido à solteirice e juventude. Ele não é muito diferente dos filhos de outros nobres. Achávamos que com um casamento e uma família ele pudesse mudar.

— Ah, mamãe...

— Desculpe, filha! Vejo que foi um erro termos escondidos esses fatos de você.

— Então, o que faremos agora? Não podemos deixar Jane se casar com esse homem horrível!

— Infelizmente, temos que aceitar a decisão dela. Você já a avisou e ela não acreditou em você. Somente Jane pode tomar as decisões de sua própria vida. Esperamos que ela seja feliz. Quem sabe ele mude, quando perceber como ela é doce, gentil e carinhosa. Às vezes, o amor acha outras formas de nos encontrar. E, talvez, ele venha a amá-la com o tempo.

— A senhora realmente acredita que isso é possível? Mesmo numa situação tão grave como esta? — questiona Arabella saindo dos braços da mãe e se virando para olhá-la.

— Eu tenho fé que isso possa acontecer. Deseje que Jane consiga superar os obstáculos que encontrará pela frente. Ser adulto não é fácil, meu amor. Uma das primeiras coisas que devemos aprender é sermos responsáveis por nossas decisões, sejam elas boas ou ruins.

— Espero que a senhora esteja certa.

— Eu também, Bella. Eu também... — declara a senhora Sunderland, com tristeza e dor nos olhos, pois também amava Jane como a uma filha.

♥

Londres, 1814. Casa Sunderland. Quarto de Arabella.

— E essa foi toda a história, Meg. Depois daquele dia, se espalhou um boato pela sociedade sobre eu estar apaixonada por Desmond e de como tentei acabar com o noivado dele.

— Senhor! Como você conseguiu enfrentar esse escândalo?

— Não foi fácil, admito. Tentei seguir em frente. Aguentei calada vários comentários maldosos e a rejeição das outras garotas. No entanto, o que mais me fez sofrer foi a indiferença de Jane. Quando chegou o final da temporada, estava tão cansada de tudo, que decidi me refugiar no campo, e foi ali que consegui me reencontrar.

— Agora, consigo compreender melhor o motivo de você ter ficado por todo esse tempo afastada.

— Foi bom ter me retirado. Hoje, me sinto mais forte e confiante. Descobri quem sou e a mulher que desejo me tornar. Além disso, não tenho mais medo deles.

— Eu não fazia ideia de que tudo isso tinha acontecido. Gostaria de ter feito algo para te ajudar — lamenta Meg abraçando a irmã.

— Mas você me ajudou, sim! Mesmo sem saber de toda a verdade, você sempre ficou ao meu lado e sou grata por isso.

— Mas e Jane? Você disse que passou na casa dela antes de vir para Londres. Isso quer dizer que você a perdoou. Por quê?

— Bem, um dia, quando voltava cavalgando da vila, encontrei a senhora Gilbert no caminho. Ela estava a pé e carregava uma cesta que parecia bastante pesada. Então, me ofereci para ajudá-la e a acompanhei até sua casa.

— A Sra. Gilbert, a *bruxa*?

— Meg, ela não é uma bruxa. É apenas uma senhora idosa, viúva, que mora sozinha. E, para sobreviver, vende alguns unguentos e trabalha como parteira, só isso. A maioria das pessoas inventa coisas sobre ela, simplesmente por não a conhecerem ou pelo fato de ela ser estrangeira.

— Se você diz...

— Pode acreditar em mim, ela não é uma bruxa. Bem, continuando... A

Sra. Gilbert me convidou para tomar um chá, e enquanto conversávamos acabei lhe contando o que aconteceu comigo. Foi bom, acho que precisava desabafar com uma pessoa que não estivesse envolvida com tudo aquilo. Depois desse dia, comecei a visitá-la quase diariamente e passei a conhecê-la melhor. Meg, ela é uma mulher extraordinária!

— Sério! De que forma?

— Ela participou da Revolução Francesa.

— Bella! Então, ela pode ser uma pessoa perigosa, uma rebelde! E se ela teve participação nos assassinatos dos nobres?

— Não, não foi dessa forma. Ela ajudava sua prima Marie, que utilizava um pseudônimo para assinar os manifestos que elas publicavam e distribuíam a favor das mulheres: *Olympe de Gouges*. Como a criação de um hospital específico para o nosso gênero, educação e para acabar com a desigualdade social. E várias outras ideias que elas tinham para um mundo mais igualitário, como, por exemplo, o fim da escravidão.

— Gostei disso. Acho que seria interessante ler alguns desses manifestos. Parece tão fora da nossa realidade. No entanto, ainda me preocupa o fato de ela ser uma revolucionária.

— Entendo, mas ela não me pareceu estar mentindo, acredito na palavra dela.

— E como foi que ela conheceu o senhor Gilbert e veio morar aqui na Inglaterra?

— Bom, ele era um soldado inglês infiltrado na revolução para ir acompanhando os eventos e relatando tudo às autoridades britânicas.

— Meu Deus, tipo um espião?

— Também pensei o mesmo. Então, quando ele estava na França, eles se conheceram e se apaixonaram. Depois de algum tempo, a revolta entre a população e a nobreza começou a piorar, e as ideias de Olympe passaram a ser questionadas pelos jacobinos. Devido a isso, os revolucionários a prenderam e outras pessoas que eram contra as ideias deles, o que resultou na decapitação de Olympe pela guilhotina. Após terem presenciado esses horrores, e com suas vidas em risco, eles se casaram e fugiram para a Inglaterra.

— Nossa, que história incrível. Estou perplexa. Nunca havia pensado sobre os Gilberts. Confesso que estou ainda mais fascinada em conhecê-la. Uma pena o Sr. Gilbert já ter falecido.

— Meg, me prometa, por favor, não contar essa história para mais ninguém. Devido aos problemas que estamos enfrentando com Napoleão, não é um bom momento para ser um francês em nosso país. Se alguém descobrir que a Sra. Gilbert já foi uma revolucionária, isso pode trazer muitos problemas para ela, mesmo já sendo uma pessoa idosa.

— Eu prometo! Mas voltando ao nosso assunto anterior, o que toda essa história tem a ver com o fato de você ter perdoado Jane?

— Em nossas conversas, ela abriu os meus olhos para um fato que eu nunca havia pensado antes.

— E o que seria?

— Toda a nossa educação é direcionada para satisfazermos ou nos submetermos aos homens. Desde as promessas de amor até as decisões de nossa própria vida. Veja a minha situação com Jane. Nós duas éramos cortejadas pelo mesmo cavalheiro e nenhuma falou para a outra sobre isso. Mesmo sendo melhores amigas desde a infância. Por quê?

— Porque Grant é um mestre da manipulação e enganou vocês?

— Também. Mas acredito que o principal motivo foi por estarmos competindo uma com a outra, mesmo sem saber.

— Não entendi.

— Meg, somos criadas desde pequenas para sermos rivais umas das outras. Quando chegamos à idade adulta é que isso fica mais evidente. Irmãs e amigas competem entre si para agarrar o melhor pretendente, conquistá-lo acima de tudo, existem até sabotagens e esquemas para humilhar a concorrente e sermos vitoriosas.

— Até há uma certa lógica nisso.

— Veja por este lado. Quando Desmond me disse que estava apaixonado por mim, mas que eu não deveria contar nada a Jane para não a magoar, pois ela estava interessada nele, concordei e fiquei quieta. Acreditei sem nem mesmo o questionar. Hoje percebo o quanto fui ingênua e idiota por não confiar na minha amiga, mas em alguém que eu mal conhecia. Essa rivalidade vem se perpetuando por séculos. Assim, enquanto eles se protegem e se ajudam, nossas desconfianças uma contra as outras nos tornam reféns das vontades e manipulações dos homens.

— Nossa, faz muito sentido tudo isso. Sinto até raiva. Como somos idiotas!

— Por esta razão que perdoei Jane, fomos vítimas de nossa própria ignorância. E, também, porque ele é um patife desprezível que fez mal a nós duas.

— Sei que você sabe que irá encontrá-lo novamente nesta temporada. Você está pronta para o confronto?

— Desta vez estou preparada para ele e *sua baronesa*. Vou mostrar a todos quem de fato é Desmond Grant e o que ele esconde por baixo daquela face angelical, mas antes precisarei feri-lo no que ele mais valoriza.

— E o que seria?

— Ganância, orgulho, vaidade e luxúria — encerra Arabella, com determinação no olhar.

CAPÍTULO 3

Philip

1811.

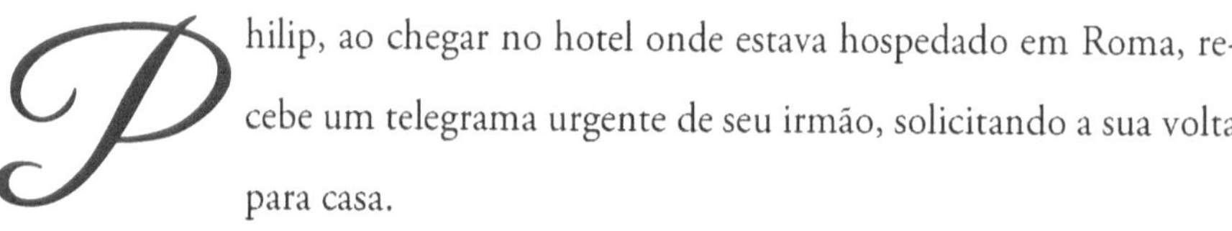

hilip, ao chegar no hotel onde estava hospedado em Roma, recebe um telegrama urgente de seu irmão, solicitando a sua volta para casa.

Preocupado, pede ao valete que arrume suas bagagens, pois eles estariam no primeiro navio que partisse para a Inglaterra.

Após uma longa e cansativa viagem, ele descobre que Edward e seus pais não estavam na residência de Londres, mas em Charlecote Park, uma propriedade da família que ficava no condado Hampshire.

Como já estava anoitecendo, ele decide ir cavalgando no dia seguinte para se juntar a eles.

Na manhã posterior a sua chegada, logo após o desjejum, ele resolve passar no clube de cavalheiros *White's* e rever alguns conhecidos antes de partir para o campo. Assim, encontra no local seu amigo de longa data, Charles Pemberton, Marquês de Beaumont.

— Stanhope, que prazer revê-lo. Quando você voltou da sua viagem pela Itália e Grécia? — indaga o cavalheiro que o abraça.

— Olá, Beaumont. Estou feliz em encontrá-lo por aqui. Cheguei ontem, no final do dia.

— Que maravilha! Temos muito o que conversar. Sente-se, por favor. Beba algo comigo para comemorarmos o seu retorno.

— Está bem, mas não tenho muito tempo disponível, preciso viajar até Hampshire para ver minha família. Edward enviou-me um telegrama solicitando o meu regresso com urgência. Você sabe se aconteceu algum problema?

— Não, meu amigo, mas agora que você falou, faz alguns meses que não vejo Castlebury ou seu pai em Londres. Você parece preocupado, acha que pode ser algo grave?

— Não sei dizer. Indaguei os criados da casa a respeito desse chamado urgente, mas eles também não possuem informações. Confesso que estou apreensivo pela falta de notícias.

— Acredito que você não deveria se preocupar tanto. Conhece aquele ditado que diz sobre notícias ruins? Que são as primeiras a chegar?

— Sim, conheço.

— Então, se algo grave tivesse acontecido, nós saberíamos sobre a situação antes de você.

— Humm, até faz sentido. Entretanto, não é comum Edward fazer alarde por nada.

— Talvez seus pais tenham insistido pela sua volta. Com certeza sua mãe deve estar saudosa. Você está há quanto tempo viajando? Dois anos?

— Quase isso.

— Deve ter sido esse o motivo. Passe pelo menos esta manhã comigo e parta depois do almoço.

— Tudo bem, acho que você pode estar certo.

— Ah, droga!

— O que foi?

— Hoje é a apresentação da minha irmã Louise à rainha. — Beaumont olha no relógio — Daqui a uma hora. Venha comigo ao palácio, minha mãe ficará muito feliz em vê-lo novamente. Além do mais, me dará uma desculpa perfeita para o meu atraso.

— Nossa, Louise já fez dezoito anos! Estamos ficando velhos.

— Nem me fale. E esta não é a pior parte.

— Ah, não? — questiona Stanhope rindo.

— Não! A pior parte será acompanhá-la aos bailes e eventos da temporada, além de ter que selecionar o melhor pretendente para ela se casar.

— Deixe que ela escolha o próprio companheiro. Não a obrigue a viver com uma pessoa que ela não ame.

— Mas e se ela escolher alguém totalmente inadequado, que a fará infeliz? E se esse pretendente estiver apenas interessado em seu dote, ou nas relações de nossa família?

— Entendo, é uma decisão difícil. Acredito que, nessa situação, é sempre melhor falar a verdade, e assim, deliberarem juntos sobre o que fazer.

— Talvez. A meu ver, Louise ainda é muito imatura. Por mim, ela esperaria mais um ano antes de ser apresentada à sociedade, mas, infelizmente, minha mãe e ela foram irredutíveis sobre o assunto.

— Bom, tenha paciência com sua irmã, daqui a dois anos será a vez de Anne.

— Nem me lembre. Então, meu amigo, me acompanha até o palácio?

— Ah, está bem!

Após ter passado algum tempo com a família de Beaumont e ver as primeiras apresentações a sua majestade, Philip, entediado, refugia-se em uma saleta interligada ao salão principal, local que também seria o refúgio de Arabella Spencer.

Nesta sala, isolados dos outros convidados, ele conhece uma linda, espirituosa e um pouco desastrada debutante, a quem presta auxílio para se livrar de um inusitado emaranhado de penas e sair discretamente do palácio.

Depois de ter prestado auxílio à moça, ele se despede e parte a cavalo para se encontrar com sua família. Enquanto isso, seus pertences seriam levados de carruagem por seu criado.

Depois de algumas horas cavalgando... Philip finalmente vislumbra os primeiros sinais da propriedade da família. O grande lago à esquerda e a estrada bem cuidada, cercada por flores do campo, eram uma visão alegre e vivaz que tornavam o trajeto receptivo a quem chegava.

Ele também já podia sentir o perfume doce e envolvente do jasmim, que estava plantado próximo à margem do lago. O aroma dessa magnífica flor o inebriava, suave durante o dia e forte a noite, horário em que a dama despertava.

Já próximo da mansão, ele percebeu uma movimentação no local. O cavalariço o aguardava. O mordomo abria a porta principal. A casa ganhava vida. Era como se antes tudo estivesse silencioso, à espera.

— Boa tarde, milorde! Seja bem-vindo de volta! — cumprimenta o cavalariço.

— Obrigado, Curtis! — agradece Philip desmontando seu cavalo.

Enquanto caminhava em direção à porta de entrada, onde o mordomo estava a sua espera, ele observou a magnífica construção com suas paredes de tijolos avermelhados, janelas pintadas com molduras brancas, chaminés despontando de telhados em formatos triangulares. Uma beleza singular cercada por lagos e jardins exóticos.

— Boa tarde, Lorde Philip! Que prazer recebê-lo novamente. Se me permite dizer, o senhor está com uma aparência excelente. A viagem lhe fez muito bem — elogia o mordomo.

— Obrigado, Hodge! Gentil de sua parte. Como está a saúde?

— Muito bem, milorde. Obrigado por perguntar.

— Os meus pais e Edward, onde estão?

— Vossa Graça e o Visconde estão visitando os arrendatários, e a Duquesa já foi avisada de sua chegada e o está aguardando na sala de estar. Por aqui, senhor.

— Não é necessário me acompanhar, Hodge. Eu me lembro do caminho, mas se puder providenciar algo para eu comer e beber, serei muito grato.

— Sim, Milorde. Pedirei imediatamente à cozinheira — comenta com um sorriso o velho empregado.

Philip dirigiu-se até a sala de estar. Ao entrar no recinto, encontrou sua mãe sentada no sofá. Ela estava com uma aparência cansada e envelhecida, tão diferente da última vez que a vira, antes de viajar. Agora, todos os seus cabelos estavam brancos e ela muito magra. Ela lhe parecia tão frágil.

— Mãe, estava com saudades da senhora! — anuncia Philip abraçando-a.

— Ah, meu querido filho! Estou tão feliz por você estar finalmente de volta a casa. E, olha só para você, está tão bronzeado! Tão bonito e saudável! — comenta a Duquesa com lágrimas nos olhos.

Quantas mudanças ocorreram durante o período em que estivera fora. Não lhe parecera ter passado tanto tempo assim. Será que seu pai e Edward também haviam mudado tão drasticamente? Será que sua mãe estivera doente?

— E como está a sua saúde, mamãe?

— Estou bem, querido. Apenas... preocupada.

— Preocupada com o quê? Edward ou o papai estão com algum problema?

Enquanto sua mãe permanecia em silêncio, adentrou na sala o mordomo trazendo uma quantidade enorme de sanduíches, biscoitos, bolos e chá.

— Com licença, Vossa Graça, Lorde Philip havia mencionado que estava com fome, então pedi à cozinheira para preparar um lanche suntuoso. Também solicitei ao ajudante do cavalariço para ir avisar o Duque e lorde Edward sobre a chegada dele.

— Muito obrigada, Hodge. Você pensou em tudo. Sabe, querido, também estou com fome, vou aproveitar e lhe fazer companhia neste banquete.

Após a saída do mordomo, novamente sozinhos, Philip insiste na pergunta.

— Mamãe, o que está lhe perturbando? Estou preocupado com o seu silêncio.

— Acho melhor esperarmos o seu pai e seu irmão retornarem.

— Está bem, como a senhora desejar — aceita ele resignado.

Poucos minutos depois, entra correndo no cômodo o seu irmão mais velho.

— Philip, finalmente você voltou para casa! — exclama Edward abraçando-o com força.

Enquanto abraça o seu irmão, Philip observa pelo canto do olho o seu pai entrando no recinto calmamente, com as mãos no bolso, e assistindo à cena com os olhos marejados, bem como sua mãe.

— Será que agora eu também posso abraçar o meu filho? — pergunta o Duque.

Todos riem de felicidade pelo reencontro há muito esperado.

— Claro, pai! — Philip vai até ele e o abraça demoradamente. Não havia percebido o quanto sentia falta deles até revê-los.

Às vezes, estamos tão concentrados em nossos afazeres, que esquecemos o quanto sentimos saudades de quem nos é importante. E quando percebemos, passou-se um longo tempo. No entanto, o amor continua ali, a espera. Como uma planta que precisa ser cuidada e regada de tempos em tempos.

Enquanto contava as histórias de suas viagens e as aventuras que vivenciara,

Philip reparou nos olhos cansados de seus pais. E o irmão...

Edward parecia um outro homem. Onde estava a sua vivacidade e robustez?

O que estavam lhe escondendo? Era como se todos carregassem um grande fardo nas costas.

— Bom, se me derem licença, irei repousar um pouco antes do jantar — avisa a duquesa se despedindo de todos.

— Vou com você, querida. Vamos deixar os jovens conversarem a sós — anuncia também o Duque.

Finalmente sozinho com o irmão, Philip pergunta o que vem lhe atormentando desde que chegou em casa.

— Então, Edward. Vai me contar o motivo do telegrama urgente e o porquê de vocês estarem com essa aparência tão cansada?

Reclinando-se para trás na poltrona em que estava sentado, Edward fecha os seus olhos e suspira alto.

— Pensei que poderia evitar esta pergunta por mais algum tempo, e me esquecer disso. Mas vejo que não tenho como escapar, não é?

Philip olhou para o irmão ainda mais preocupado, algo o atormentava.

— O que vocês têm tanto receio de me falar?

— Para responder a isso, precisamos tomar algo mais forte do que chá. Venha, vamos para o meu escritório.

Edward se levanta e estende a mão para seu irmão. Juntos caminham em direção ao escritório que antes era de seu pai, mas agora pertencia ao herdeiro do ducado. Um legado forte e duradouro que remonta a centenas de anos de Duques Stantons.

Ao entrarem no escritório, Philip sente o aroma de algum produto para o mogno dos móveis, misturado ao perfume adocicado da fumaça de charutos, um hábito que o seu pai mantinha.

A bela sala era cercada por estantes abarrotadas de livros que vinham do chão ao teto. No canto direito ficava uma mesa antiga onde o seu pai e agora o seu irmão trabalhava. Cadeiras e poltronas de couro cercavam uma mesa de centro, duas janelas grandes traziam uma boa iluminação ao ambiente. Uma sala masculina, que apesar da grandiosidade era acolhedora de certa forma.

Nunca se sentira intimidado ou um intruso naquele ambiente. Embora não fosse o herdeiro, seu pai os educara da mesma forma. No entanto, o peso do legado sempre estivera nas costas de seu irmão.

— O que vai beber? Conhaque, uísque, vinho? — pergunta Edward.

— Vou tomar o mesmo que você.

— Uísque, então.

Enquanto servia a bebida dourada nos copos, Philip observou um leve tremor nas mãos de seu irmão.

— Deixe-me ajudá-lo — oferece se levantando da poltrona.

— Não é necessário. Eu ainda consigo fazer isso — responde bruscamente Edward.

— Ainda?

Edward interrompe o que estava fazendo, apoia as mãos na bancada, respira fundo e responde:

— Você deve ter notado que estamos receosos de lhe contarmos algo. Não existe um modo fácil de dizer isso... Estou doente.

— O quão doente? — questiona Philip aflito, pegando o copo que o irmão lhe entregara e engolindo toda a bebida de uma única vez. O líquido era como uma pedra passando em sua garganta.

— Muito doente. Não tem cura. Os médicos não sabem mais o que fazer

— anuncia Edward tomando calmamente o uísque, enquanto olha para o irmão com um sorriso de deboche nos lábios.

Philip, que havia se sentado, levanta-se novamente e caminha pelo escritório. Angustiado, começa a passar as mãos pelo rosto e pelos cabelos.

Então, ele para e encara o irmão.

— Você está rindo disso? Que merda, Edward! Eu estava em outro país, poderia ter encontrado os melhores médicos de lá e trazido para você. Eu... nem deveria ter viajado. Por que não me contaram? Há quanto tempo vocês sabem disso?

— Há alguns meses, ou talvez anos. Não sei exatamente quando começou. Acho que esta doença já me acompanhava há algum tempo, mas ela só resolveu se manifestar agora.

— Mas o que você tem? Por que vocês estão desistindo de procurar uma cura?

— Já que está de pé, me sirva de mais um pouco de uísque, antes que eu te conte as outras más notícias — levanta o copo vazio para o irmão encher.

Pegando a garrafa de bebida, Philip enche o copo de Edward e depois o dele.

— Sente-se, por favor. Você está me deixando tonto andando de um lado para outro.

Philip se senta novamente na poltrona de frente a Edward e espera as respostas às suas perguntas. Tentando ao máximo se controlar para não quebrar tudo, ou a cara do irmão, por tê-lo deixado viajar e não ter falado nada sobre a doença.

Ele poderia ter ficado ali, junto de sua família, ajudando-os. Mas não, ele estava longe e os deixara sozinhos. Sentia-se como se os tivesse abandonado.

— Há alguns anos, eu peguei uma doença que os médicos chamam de "*A doença do amor*[1]. Não sei se você se lembra que fiz alguns tratamentos "diferentes" e um tanto debilitantes por um tempo?

— Lembro-me sim, recordo do seu conselho sobre não me deitar jamais com prostitutas. Nunca esqueci desse seu alerta, até era zombado na faculdade sobre isso pelos meus colegas.

— Que bom que você me escutou. Os médicos acreditam que o meu problema de agora tem a ver com essa doença que evoluiu, se propagou pelo meu corpo. Eles ainda a estão estudando, tentando descobrir como essa patologia afeta as pessoas.

— Então, o que você tem é algo novo?

— Não exatamente, eles já viram esses sintomas em vários pacientes, que estão hoje em sanatórios ou morreram antes disso. Essa enfermidade se alastrou para o meu cérebro. O tremor que você acabou de ver é apenas o menor dos sintomas.

— Como assim?

— Bom, às vezes, eu perco a força nas pernas, outras vezes eu tenho dores de cabeça terríveis. Somente ficando adormecido pelo láudano é que consigo aguentá-las. E agora, evoluiu para convulsões. Já tive três.

Edward se levanta e vai até a lareira, apoiando a mão nela, de costas para o irmão.

— Os médicos dizem que o próximo estágio é a loucura, começarei a ver coisas que não existem.

— Eu não entendo, por que vocês não me contaram nada disso? Eu poderia estar aqui, ajudando vocês a procurar uma cura. Eu poderia sair atrás dela em

---

[1] A doença do amor era como eles chamavam a sífilis. A cura dessa enfermidade só foi possível, depois da descoberta da penicilina em 1928.

outros países. Alguém deve ter uma solução para isso, não podemos desistir.

— Philip, nós tentamos de tudo, procuramos médicos na Inglaterra, na França, na Itália, e todos dizem a mesma coisa: que não tem cura. Estou cansado, já fiz alguns tratamentos que são piores do que a própria doença. Acho que eles só agravaram o meu estado e a fizeram avançar mais rápido.

— Mas Ed, não podemos perder a esperança. Temos que continuar tentando, eu me recuso a aceitar isso! Entendo agora a aparência cansada de preocupação dos nossos pais. Por que você não me falou nada?

— Queria que você tivesse um tempo livre antes de assumir a responsabilidade do ducado.

— Como assim?

— Philip, agora você será o herdeiro, eu não posso mais cuidar da nossa família. Esse fardo em breve será seu. Eu queria te dar um tempo para aproveitar a vida sem esta responsabilidade. Contudo, não posso mais esperar. Não com a doença evoluindo tão rápido.

— Eu... não sei o que dizer. Me parece tudo errado, você deveria ter me contado a verdade desde o início. Sinto ter falhado com todos vocês. Eu deveria ter ficado ao seu lado e passado mais tempo com você.

— Me perdoe, irmão, fiz o que achei ser o melhor na época. Na verdade, pensei que encontraria uma cura e que jamais teríamos esta conversa. Mas estava errado e sinto muito.

Philip, com lágrimas nos olhos, se levanta, vai até o irmão e o abraça.

— O que faremos agora?

— Bom, agora você tem que se inteirar sobre os negócios da família para administrá-los. Papai e eu iremos ajudá-lo, até que eu não consiga mais.

— Está bem, Ed, farei o que você quiser — responde resignado Philip, com a mão no ombro do irmão, olhando em seus olhos, tentando imaginar como continuará vivendo sem o seu melhor amigo. Sem uma parte da sua alma. Sem o seu norte.

Edward era a pessoa que ele mais confiava e admirava. Como ele poderia sobreviver, aproveitar a vida, sabendo que o seu irmão tão amado está morrendo, e que o destino que fora reservado a ele agora seria o seu.

CAPÍTULO 4

Philip

Charlecote Park, 1812.

O tempo passou rápido. Um ano se foi e Edward piorava a cada dia. Philip procurou mais médicos com a ajuda do administrador, e nenhum deles conhecia uma cura para a doença maligna, além dos tratamentos que o irmão já fizera.

De que servia todo o dinheiro e todo o poder se, quando mais precisavam, estavam sujeitos aos desígnios de Deus? No fim, eram como qualquer homem, de carne e osso.

Hoje farão uma visita aos arrendatários. Já que Edward havia amanhecido bem, então, foram cavalgando.

Edward passou a semana inteira em casa, após vários episódios de dores de cabeça intensas, foi horrível de se ver. Foi necessário a administração de uma grande quantidade de láudano, pois a única forma de amenizar o sintoma era deixando-o inconsciente.

— Vamos, Philip! Não vejo a hora de sair de casa. Estou me sentindo em uma prisão, preciso de liberdade! — exclama entusiasmado Edward, já vestido com suas roupas de montaria, enquanto esperava o irmão mais novo terminar de se arrumar.

Philip sorri para ele, mas o seu sorriso não chega aos olhos. Afinal, este período em que Edward passara acamado o deixara mais magro, pois ele não conseguia se alimentar direito. Além disso, sua mãe, mesmo com as enfermeiras acompanhando o irmão vinte quatro horas por dia, quase não se ausentou do quarto dele. Ela estava definhando junto com o filho.

— Estou pronto! Curtis já deve estar à nossa espera.

Edward se aproxima, coloca o seu braço esquerdo nos ombros do irmão, e depois lhe desarruma os cabelos. Um velho hábito de infância que ele detestava, mas que agora lhe era tão caro.

Ao pegarem suas montarias, cavalgaram num ritmo constante, mais rápido que um trote, mas sem correr.

— Está muito entediante este passeio, vamos apostar uma corrida até o desfiladeiro — sugere Edward.

— Não acho uma boa ideia, você acabou de se restabelecer, melhor irmos com calma.

— Calma? Estou cansado de calma, fiquei uma semana dormindo.

— Mas Edward...

— No três, partimos! Um, dois, três! — dispara Edward à frente do irmão, incitando seu cavalo a ir cada vez mais rápido.

Philip, ficando para trás, faz o mesmo com sua montaria, tentando alcançá-lo. Aos sons dos cascos dos cavalos pisoteando o campo, a respiração ofegante dos animais e dele mesmo, Philip escuta a risada do irmão, levada pelo vento, animado, vivo, um vislumbre do antigo Edward surgia à sua frente.

Divertindo-se juntos depois de tanto tempo, ele também sorri. Enquanto isso, Edward olha para trás e constata que Philip estava se aproximando dele. Então, instiga ainda mais o seu cavalo a correr.

Contudo, Philip percebe que estavam chegando próximos ao desfiladeiro, e que precisariam reduzir a velocidade.

— Edward, mais devagar!

— O que foi irmão, está com medo de perder?

— Não, já estamos chegando perto do penhasco, precisamos reduzir o ritmo, senão não conseguiremos parar a tempo.

Com um sorriso, Edward instiga ainda mais a sua montaria.

Philip, percebendo o ocorrido, aumenta o galope, se aproximando do irmão, já vislumbrando a ponta do penhasco.

— Edward, devagar! — grita novamente.

De repente, algo perturbador acontece. Seu irmão abre os braços e fecha os olhos, larga as rédeas do cavalo, e se dirige para o penhasco, como se fosse saltar dele.

Philip força sua montaria a correr mais rápido. Já próximos do despenhadeiro, quase vislumbrando o vale abaixo, ele consegue emparelhar o seu cavalo com a do irmão. Pega as rédeas soltas e tenta parar os dois animais.

Edward, então, abre os olhos e, vendo Philip ao seu lado, segura novamente as rédeas e procura parar o seu cavalo, antes que ambos caiam despenhadeiro abaixo. Até que finalmente eles conseguem interromper a corrida, já próximos da beirada.

— O que houve com você? Enlouqueceu? Estava tentando se matar? — pergunta Philip, ofegante.

Edward, olhando para o precipício à sua frente, responde:

— Não. Por um momento pensei...

— Por um momento o quê?

— Por um momento, me senti tão livre, que achei que pudesse voar.

—Voar! Ficou maluco? — exclama horrorizado Philip, desmontando de seu cavalo.

Edward também desce de sua montaria e se afasta do desfiladeiro.

— Acho melhor voltarmos para casa — sugere Philip, olhando preocupado para o irmão.

— Tudo bem, vamos retornar.

— O que acha de caminharmos um pouco?

— Pode ser — concorda Edward, agora quieto e pensativo.

Após andarem alguns minutos em silêncio, Philip, sem conseguir tirar da cabeça o ocorrido, questiona o irmão.

— Edward, o que aconteceu lá?

— Eu... não sei... Como lhe disse, me pareceu, por um instante, que eu realmente pudesse voar.

— Mas isso não faz sentido!

— Não, não faz. No entanto, foi o que aconteceu — conclui Edward, encerrando o assunto, parando a caminhada e subindo em seu cavalo.

Philip faz o mesmo, e num trote calmo retornam para casa em silêncio, ambos meditativos, com seus próprios questionamentos.

Ao chegarem em casa, Edward anunciou que precisava descansar e foi para seu quarto. Enquanto isso, Philip encontrou o seu pai e relatou os eventos daquele passeio. Eles decidem não mencionar nada a sua mãe, que já tinha preocupação suficiente com a doença do filho e não precisaria saber mais deste fato.

Após esse dia, Philip observou algumas mudanças no irmão. Ele estava mais quieto, ou melhor, não tão falante. Antes, ele sempre tentava animá-los de alguma forma, como se nada estivesse acontecendo.

Não muito tempo depois, Edward voltou a apresentar dores de cabeça e convulsões, ficando cada vez mais fraco.

Até que em uma noite, durante a madrugada, a enfermeira responsável por atendê-lo, caso precisasse de algo, notificou o mordomo que ao retornar para o quarto com o chá que Edward lhe havia solicitado, não o encontrara no cômodo. O criado, preocupado, imediatamente acordou a família.

Entretanto, antes de avisá-los sobre a ausência do paciente, a enfermeira ainda aguardou por um tempo no aposento, imaginando que talvez Edward estivesse no quarto de vestir, atendendo alguma necessidade básica. Como já havia se passado quase uma hora, preocupada, foi procurá-lo no aposento e o encontrou vazio. Foi só então que ela avisou ao mordomo sobre o desaparecimento dele.

Assim, eles o procuram pela casa com o auxílio da criadagem. Contudo, sem sucesso, decidem investigar a área externa da propriedade, separando-se para cobrirem uma porção maior do terreno.

Philip fica com a parte do lago e o percorre a pé, com uma lamparina na mão para iluminar o caminho, quando, de repente, vislumbra uma silhueta escura, próximo a uma árvore. Com o coração disparado, ele encontra perto dali um cavalo pastando, e pendurado em uma árvore ele vê...

Edward enforcado.

Seu irmão havia tirado a própria vida!

CAPÍTULO 5

Philip

Charlecote Park, 1814.

Ele estava sozinho.

Sua mãe falecera de tristeza com a perda do filho mais velho. E, logo em seguida, duas semanas depois da morte dela, seu pai a acompanhou.

Quase dois anos se passaram. Ele comia, bebia, cuidava dos negócios por mera obrigação. Estava sobrevivendo, mas não vivendo. Ele não sabia como retornar para si mesmo, para a vida que tivera um dia. Afinal, se a sua família não existia mais, quem era ele sem ela?

Perdido. Era assim que se sentia. Até a chegada de uma visita inesperada.

♥

Charles Pemberton — Marquês de Beaumont — estava feliz, pois ficara noivo da mulher mais linda da Inglaterra, e agora ia convidar o seu melhor amigo para ser o padrinho do casamento.

Não via Philip desde o funeral dos pais dele. Primeiro o irmão, depois a mãe e o pai faleceram logo em seguida. Uma grande tragédia. Após esse dia, enviara diversas cartas ao amigo perguntando como ele estava e quando ele voltaria para

Londres. Mas tudo o que recebera em retorno fora sempre a mesma resposta, que ele precisava ficar sozinho e de tempo para processar as perdas.

Ao descer da carruagem, Charles percebeu que ninguém o estava esperando na porta de entrada da mansão. Estranho, ele havia enviado uma carta ao amigo avisando sobre sua visita.

Assim, teve que bater na porta, que foi aberta pelo mordomo, que o saudou com extremo entusiasmo.

— É um prazer revê-lo, milorde. Não esperávamos a sua chegada — comenta Hodge, mordomo de longa data da família Stanton.

— Obrigado, Hodge. Vossa Graça está em casa?

— Sim, milorde. Ele está no escritório. Me acompanhe, por favor.

Eles se encaminham para o cômodo e, ao entrarem no aposento, Beaumont observa o amigo imerso em livros, sem ter notado a sua presença.

— Com licença, Vossa Graça. Milorde tem uma visita — anuncia o mordomo.

— Hodge, já avisei que não estou recebendo ninguém, a menos que seja de extrema importância — responde Philip, de cabeça baixa.

— Bom, pois eu considero a minha visita de extrema importância — declara Charles com bom humor.

Ouvindo uma voz familiar, Philip levanta o rosto de seus afazeres e vê o amigo de longa data à sua frente.

— Beaumont, o que fazes aqui?

— Vim visitá-lo e lhe fazer um convite, já que você não aparece mais em Londres.

— Ah, ando muito ocupado me inteirando dos negócios da família. Peço perdão.

— Tudo bem, meu amigo. Imaginei que fosse esse o motivo.

— Bom, saiba que você é sempre muito bem-vindo aqui. Desculpe por não ir recebê-lo, eu estava distraído com a contabilidade das propriedades. O meu administrador me trouxe os livros esta semana, então, estou revisando tudo.

— Compreendo, todos esses números são uma dor de cabeça. Também perco horas em cima disso.

— Verdade, mas por que não me avisou sobre a sua chegada?

— Eu avisei sim, enviei-lhe uma carta, há mais ou menos uma semana.

— Sinto muito. Confesso que ando atrasado com a minha correspondência.

— Sem problemas, vim de qualquer forma.

— Que bom que veio. Hodge, por favor, providencie um lanche e um quarto para o nosso convidado. Presumo que ficará hospedado aqui, certo?

— Se não for nenhum incômodo eu apreciaria a hospedagem.

— Incômodo nenhum, meu amigo. Será ótimo ter a sua companhia. Por favor, sente-se e me conte como está a família.

— Estão todos bem. Como você sabe, Louise se casou no ano passado. Pena que não pôde comparecer, foi uma cerimônia muito bonita.

— Ah, sim. Desculpe mais uma vez, eu ainda não me sentia pronto para participar de festividades.

— Entendo, mas agora passou-se quase dois anos, acredito que é tempo suficiente para o luto, não acha?

— Sim — concorda Philip, cabisbaixo.

Charles observou o amigo com atenção. Olheiras profundas e muito mais magro, ele não deveria estar dormindo e nem se alimentando bem. Não devia ter demorado tanto para visitá-lo.

— Então, você mencionou um convite quando chegou?

— Exatamente, este foi um dos motivos para a minha visita. Eu estou noivo! E gostaria que você fosse o meu padrinho.

— Noivo! Quem diria que Lorde Beaumont, um notório libertino, finalmente seria fisgado? Meus parabéns, quem é a moça sortuda?

— Obrigado! Minha noiva chama-se Margaret Spencer, ela é filha do Conde de Sunderland. Conhece a família?

— Não me lembro do Conde de Sunderland, mas o sobrenome Spencer não me é estranho — alega Philip, franzindo as sobrancelhas, tentando evocar pela memória os nobres que conhecia.

— Bom, é normal não se lembrar de todos. Afinal, faz uns seis anos que você não frequenta mais a sociedade, se contarmos o período que passou viajando.

— Nossa, já faz tudo isso? Não havia notado que se passara tanto tempo assim. É claro que aceito o convite para ser o seu padrinho, será uma honra. Para quando está marcado o casamento?

— Para o final da temporada, e este convite vem acompanhado de um outro. Quero que você volte comigo para Londres e participe dos eventos deste ano.

— Ah, Beaumont. Eu irei ao seu casamento, será um prazer, mas voltar para a sociedade... Não sei se consigo aguentar toda a atenção e os comentários que virão agora que sou um Duque.

— Você não pode se esconder aqui para sempre, Stanhope, quer dizer... Stanton. Olha só para você, está magro como uma vareta e com olheiras profundas. Você não está bem, precisa sair desta casa, não pode mais ficar aqui relembrando tudo o que aconteceu. Você precisa deixar eles partirem.

Philip levanta-se e vai até o aparador onde estão as bebidas e se serve de uma dose de uísque, bebendo tudo de uma única vez.

— Gostaria de uma bebida?

— Obrigado, vou acompanhá-lo.

Philip serve mais duas doses de uísque, uma para ele e outra para o convidado, voltando a sentar-se na poltrona em frente ao amigo.

— Espero que você não esteja bebendo em excesso. Sei que passamos vários momentos na faculdade nos embebedando e nos divertindo com algumas atrizes e viúvas alegres. Mas até eu tenho que admitir que a bebida não é a solução para os problemas.

— Infelizmente, às vezes, ela é a única opção para que eu consiga dormir uma noite inteira, sem ter pesadelos.

— Realmente estou preocupado com você, não sabia que a situação estava tão séria. Precisa deixá-los partir, mudar de ares, sair deste mausoléu que virou essa casa.

— Talvez você esteja certo — concorda Philip passando as mãos em seus cabelos e apoiando os cotovelos em seus joelhos, enquanto olha para baixo, pensativo.

Com uma batida na porta, entra em seguida o mordomo no escritório.

— Com licença, Vossa Graça. Tomei a liberdade de providenciar um pequeno almoço na sala de café da manhã. Como milorde não almoçou hoje, pensei que o senhor gostaria de comer uma refeição mais substancial.

— Que ótima ideia, Hodge. Estou faminto depois da viagem, e Vossa Graça vai querer comer sim. Ele está precisando ganhar alguns quilinhos — comenta Beaumont se levantando e estendendo a mão para o amigo. Philip aperta a mão dele e se dirigem para a sala do café.

Três dias após a chegada de Beaumont em Charlecote Park, enquanto estavam cavalgando pela propriedade, ao chegarem próximos ao desfiladeiro onde Edward quase pulou, Philip ficou taciturno de repente. Por um momento, ele havia esquecido de tudo o que se passara, mas as lembranças insistiam em voltar.

Charles, notando o silêncio repentino do amigo, que no último dia estava até mais falante, pergunta o que houve. Philip então lhe conta o que ocorrera naquele local e o que esse evento desencadeou depois.

— Realmente você precisa sair daqui por um tempo. E se me permite a pergunta, o que dizia a carta que Edward lhe deixou? Ele chegou a explicar o motivo de ter feito aquilo?

— Não sei, eu ainda não a li.

— Não leu? Por que não? São as últimas palavras do seu irmão — perguntou chocado Beaumont.

— Bem, logo que ele morreu, não tive cabeça para ler. Me parecia meio óbvio o motivo de ele ter tirado a própria vida. Depois, minha mãe ficou doente e faleceu, em seguida meu pai. Aconteceram tantas coisas ruins, uma atrás da outra, que me esqueci dela. Além disso, não acho que tenha algo naquela carta que possa remediar todo esse pesadelo.

— Acho que você está errado. Enquanto não ler a carta que ele deixou, não conseguirá abandonar tudo o que houve. Você precisa finalizar essa história com Edward, dizer adeus, e encerrar essa pendência.

— Não sei se consigo — replica Philip olhando para baixo, onde o rio passava no fundo do penhasco.

— Você precisa tentar. Leia a carta. Vá para Londres comigo e participe da temporada. Não é necessário ir a todos os eventos, mas é imprescindível se despedir do seu irmão. Edward gostaria disso e você sabe que estou falando a verdade.

— Vou pensar a respeito.

— Não pense, apenas faça. No final de semana, viajaremos para Londres. E você irá comigo, nem que eu tenha que chamar os criados para me ajudarem a amarrá-lo e levá-lo à força.

Após um período em silêncio, Beaumont sugere voltarem para casa. À noite, sem conseguir dormir, Philip levanta-se e vai até o escritório, abre a gaveta da escrivaninha e pega a carta de seu irmão. Rompendo o lacre, ele desdobra o papel e lê as últimas palavras de Edward.

♥

Charlecote Park, 12 de julho de 1812.

Querido Philip,

Sinto muito! Neste momento, enquanto você lê esta carta, eu já devo estar morto e você descobriu que tirei a minha própria vida.

Todos devem estar arrasados, mas devo lhe dizer que era a minha única alternativa. Então, por favor, me perdoe.

Sei que parece uma atitude covarde, mas tentarei lhe explicar o motivo desse ato desesperado.

Você se lembra de quando eu quase saltei do despenhadeiro, porque eu pensei que poderia voar, enquanto cavalgávamos?

Então, naquele momento, depois que você me salvou, percebi que aquele foi o primeiro sinal da loucura me dominando. E, depois disso, as dores de cabeça insuportáveis e a inconsciência do láudano, senti que eu estava a cada dia me perdendo de mim mesmo.

Com tudo isso, compreendi que a minha vida estava se tornando a vida de uma pessoa estranha, ou de um ser ausente, um morto-vivo deitado numa cama.

Eu não me reconhecia mais. Era apenas um vislumbre do homem que fui um dia. E antes que eu me perdesse totalmente de mim, precisava fazer algo, enquanto ainda me restasse um pouco de lucidez.

Foi naquele instante que eu decidi tirar a minha própria vida.

Espero que você um dia possa me perdoar, irmãozinho. Queria que as coisas tivessem sido diferentes, mas infelizmente não foi o que o destino planejou para mim.

Quero que saiba que enquanto escrevo esta carta, depois de muito tempo, estou em paz. A morte me acalenta, já tive muito medo dela, mas hoje a vejo como uma companheira que me receberá em seus braços.

No entanto, antes que eu vá, quero deixar para você alguns conselhos de um irmão mais velho.

A vida é como um sopro. Você inspira e se passaram dias, enquanto segura a respiração esses dias se tornam meses, e, ao soltar o ar, os meses transformam-se em anos.

O título, o poder e toda a responsabilidade que vem com ele irão exigir muito de você, como já deve ter percebido. É uma vida séria e cheia de sacrifícios. Então, não se deixe dominar por ela.

Quando eu era mais jovem, achava que teria muito tempo para me casar e ter filhos, mas eu estava errado. Quando me dei conta, o sopro que soltei esgotara o meu ar, e não tive mais forças para respirar novamente.

Então, aqui vai mais um conselho: a única coisa que eu não consegui fazer, mas que hoje eu vejo que deveria ter sido a minha maior prioridade.

Encontre alguém para amar!

Alguém que lhe faça sorrir e lhe traga aventuras.

Alguém que lhe tire do tédio e que o ame além do título.

Ou seja, ame! Ame sem limites e com tudo o que você é.

Além disso, tenha filhos, muitos filhos, para encher esta casa de risadas, barulhos, VIDA!

Viva, meu irmão, viva intensamente. Assim, saberei que cumpri a minha missão e ficarei em paz.

Com todo o meu amor!

Edward

♥

Philip, aos prantos, relê mais uma vez a carta, e a acolhe junto de seu peito.

— Ah, Edward! — sussurra o nome do irmão, como uma oração de amor.

Depois que as lágrimas cessaram, um silêncio profundo o dominou. Quando enfim ele voltou para o seu quarto, finalmente conseguiu dormir. Teve um sono sem pesadelos, apenas lembranças boas e alegres. Lembranças dos pais e do irmão, felizes e saudáveis. Sonhou que eles estavam juntos e em paz.

No dia seguinte, ou melhor, no mesmo dia, já que lera a carta de madrugada, acordara ao som da voz de Beaumont.

— O que foi, aconteceu alguma coisa? — pergunta assustado Philip, por ter sido acordado tão de repente.

— Meu Deus, você nos deu um susto! Já são duas horas da tarde, e Hodge disse que você nunca dorme tanto. Estávamos preocupados. Fui praticamente obrigado a invadir o seu quarto.

— Desculpe, por tê-los assustado. Acho que depois de todo esse tempo, enfim consegui dormir.

— Que bom, fico feliz por isso. Mas estou curioso, a que devemos esta mudança tão repentina?

— Eu li a carta de Edward ontem à noite. Você estava certo, meu amigo, eu precisava fazer isso para me despedir. Agora, sinto como se um peso tivesse saído de cima de mim.

— Isso é uma ótima notícia, mas você precisa se levantar, antes que Hodge fique ainda mais agitado e mande chamar um médico. Vamos almoçar juntos, não consegui comer nada, pois estava apreensivo com você.

— Tudo bem, só preciso de alguns minutos para me lavar e já desço.

— Certo, Sutton está na porta, vou chamá-lo para ajudá-lo.

— Obrigado, Charles, por tudo!

— Ei, é para isso que servem os amigos, sei que você faria o mesmo por mim, caso a situação exigisse. Então, levante-se! Vamos almoçar e nos prepararmos para partimos para Londres amanhã de manhã. O que acha?

— Bom, a ideia não me parece tão terrível agora.

Depois de uma tarde agradável com o amigo, e de ter avisado aos criados que ele viajaria para a capital no dia seguinte, a casa parecia que ganhava vida novamente. Todos estavam animados. Ele não tinha percebido que a sua tristeza também havia dominado os seus funcionários.

No dia de sua partida, estando em seu quarto, enquanto se arrumava com a ajuda do valete, Philip escolhia qual abotoadura iria usar, quando de repente ele encontrou um objeto incomum para estar ali. Um grampo de cabelo com uma pérola na ponta. Então, uma doce lembrança veio em sua mente, o dia que conhecera uma atrapalhada e linda debutante.

Um sorriso lhe veio aos lábios, junto de um questionamento. Qual era mesmo o nome da dama? Estava na ponta da sua língua, lhe parecia um nome tão familiar.

— Arabella Spencer! — diz Philip em voz alta.

— Como disse, Vossa Graça? — pergunta Sutton sem entender direito o que o patrão falou.

— Não é nada, Sutton. Foi apenas uma lembrança, pode continuar com os seus afazeres.

— Tudo bem, milorde.

Arabella Spencer...

Recitava o nome mentalmente, enquanto dialogava consigo mesmo em pensamento.

Será que ela estava casada?

Deveria estar, afinal, uma moça como aquela não ficaria sozinha por muito tempo. Enquanto isso, ele olhava com carinho para o pequeno e delicado grampo em sua mão.

A sua última lembrança feliz, pensou Philip, conforme guardava o objeto no bolso interno do casaco, junto a carta de seu irmão, pois ambos seriam seus amuletos de sorte em sua busca por um amor e uma vida que até ontem ele achara que estava perdida para sempre.

CAPÍTULO 6

Arabella

Londres, 1814. Baile de abertura da temporada na residência de Lady Huntington.

*A*rabella estava nervosa, sua primeira e última temporada fora em 1811. Agora, ela estava de volta e sabia que o seu retorno à sociedade geraria vários comentários maldosos, que se espalhariam rapidamente pelo salão de baile sobre a sua suposta adoração pelo Sr. Grant e a rivalidade com sua melhor amiga Jane.

Enquanto esperava ser anunciada no baile de Lady Huntington, sentia um embrulho em sua barriga, como uma revoada de pássaros tentando se libertar. Pensando bem, era até bastante simbólico, já que estava ali justamente com esse objetivo, de se libertar de vez do seu passado, e, quem sabe, durante esse processo ela conseguiria também libertar Jane.

— Lady Arabella Spencer, filha do Conde e da Condessa de Sunderland — anuncia o criado.

Alguns olhares se direcionaram para ela, conforme descia a escadaria para o salão do baile. Os rostos lhe eram familiares, vislumbrava entre eles algumas de suas antigas amizades. Ao chegar no final da escada, junta-se a Meg que a aguardava ao lado de sua mãe.

À medida que elas adentravam no salão, a Condessa cumprimentava alguns conhecidos. Assim, com sua mãe distraída, Meg sugeriu darem uma volta pelo salão sozinhas.

Conforme caminham de braços dados pela multidão de convidados, elas são abordadas por um grupo de mulheres que foram debutantes com Arabella em sua primeira temporada.

— Cuidado, meninas, com os seus pretendentes, a perseguidora voltou! Como ela não conseguiu roubar o noivo da melhor amiga, manteve-se longe da sociedade por anos. Não tenho dúvidas de que isso foi uma estratégia elaborada para ver se esqueceríamos de tudo o que ela fez. Ou melhor, do que é capaz de fazer para conseguir um marido — comenta Nancy Seymour para todas as mulheres do grupo ouvirem, especialmente Arabella, que passava por ali.

— Olá, Nancy, vejo que você continua a mesma — observa Arabella.

— Não tão a mesma, querida. Agora sou uma mulher casada. Casei-me ano passado com Lorde Ramsbury, filho do Barão de Swinton, uma família muito próspera. Além disso, tenho a minha própria casa e carruagem — responde Nancy de forma soberba.

— É mesmo? Que sorte a sua encontrar alguém que a satisfaça tanto — retruca Arabella.

— Por favor, dirija-se a mim como Lady Ramsbury. Eu não admito intimidades com pessoas baixas como você.

— Oh, estou desolada com o seu comentário. Será um sacrifício enorme ficar longe de você por toda a temporada, mas farei um esforço — Arabella revida de forma irônica.

Nancy fica de costas para Arabella e com uma expressão de desprezo finge ignorá-la.

— E vocês, como estão, Agnes, Lucy, Sally?

— Eu estou bem, Bella. Estou noiva de Sir Arthur Webb, ele é um militar e...

— Fique quieta, Agnes! Você não sabe que ela pode tentar roubar o seu noivo também? — adverte Nancy.

Agnes, intimidada pelas palavras da amiga, para de falar, abaixa os olhos e permanece quieta.

— Parabéns, Agnes, estou feliz por você. Ele é um homem de sorte por tê-la encontrado — comenta Arabella, o que instaura um silêncio na roda de mulheres.

— Vamos tomar um ponche, Bella? — sugere Meg.

— Boa ideia! Com licença, senhoritas.

Arabella e Meg caminham em direção ao local onde ficavam as bebidas e comidas. Quando estão suficientemente longe dos ouvidos do grupo em que conversavam, Meg comenta:

— Nossa, não imaginei que o ataque seria tão rápido e direto.

— Eu sim, apesar de que, no fundo, estivesse nutrindo a esperança de que as coisas poderiam ser diferentes, mas o fato é que nada mudou. Odeio esse ambiente em que somos criadas para sermos inimigas umas das outras. Tudo vira uma competição, e para elas eu sou a que joga sujo.

— Ah, Bella, queria tanto contar a verdade para todos.

— Não adiantaria nada dizer a verdade, Meg. Eles nunca acreditariam na palavra de uma mulher, ainda mais uma mulher solteira.

— Isso é tão injusto e cruel, mesmo depois de Jane não ter voltado a Londres após o casamento, Grant nunca foi questionado sobre suas indiscrições, enquanto nós, somos sempre julgadas e condenadas sem direito a uma defesa. Jamais havia notado o quanto somos oprimidas.

— O problema de tudo isso é que somos criadas e doutrinadas para sermos cegas. Veja o que aconteceu há pouco, Nancy e provavelmente as outras garotas já me rotularam como uma pessoa invejosa e sem nenhuma moral, que fará de tudo para lhes roubar o futuro marido, caso isso seja do meu interesse. Mas, enquanto isso, elas competem entre si para conseguirem o melhor partido sem nem perceberem.

— Verdade! E os homens nisso tudo, o que será que pensam?

— Pensar? Acredito que eles não tiram nenhum minuto para pensar se estamos felizes com a nossa situação, afinal, para eles as coisas estão ótimas. Por que mudariam algo?

— Concordo, realmente eles não têm motivos para mudar a sociedade.

— Então, caberá a nós mudá-la! — exclama com veemência Arabella.

— Oh, veja! Nossos pais estão ali conversando com Lorde e Lady Huntington. Vamos nos juntar a eles?

— Prefiro dar uma volta no jardim, estou me sentindo um pouco sufocada. Confesso que não estou mais acostumada com tantas pessoas reunidas. Você pode ir até eles, depois me junto a vocês. Acho que o seu noivo deve estar prestes a chegar.

— Tem certeza?

— Sim, pode ir. Nos vemos de novo daqui a pouco.

— Está bem, então, mas não demore muito.

Arabella se dirige à porta que dá acesso ao jardim. Enquanto isso, Meg se junta aos seus pais. Nesse momento, o criado anuncia uma chegada bastante inesperada.

— Os honoráveis Marquês de Beaumont e sua Graça Duque de Stanton.

Todos no ambiente param o que estavam fazendo e dirigem os seus olhares para a escadaria. O novo Duque de Stanton não era visto desde que recebera o título, conseguido devido a uma grande tragédia familiar, que já começara a ser sussurrada entre as pessoas.

Lorde e Lady Huntington ficaram maravilhados pela ilustre presença em seu baile, pois esse evento seria comentado por toda a sociedade, marcado pela volta do Duque de Stanton nessa temporada.

♥

Philip estava com as suas mãos suadas de nervosismo. Além disso, sentia-se como se estivesse preso, amarrado.

Seu criado se esmerara na vestimenta dele, pois estava usando um fraque azul marinho, calças pretas, camisa e gravata brancas. Segundo Sutton, era a última moda em Londres.

Enquanto estivera vivendo isolado no campo, não se preocupara com tanta formalidade em suas roupas. Agora, estava ali para ser avaliado por todos, precisava cumprir com o seu papel de nobre. Além do mais, o seu súbito aparecimento nesta temporada, sendo ele o último da linhagem de Duques Stantons, só poderia significar uma única coisa. Certamente ele estaria atrás de uma esposa, tinha consciência de que isto se tornaria o principal comentário de todas as mães casadoiras.

Ele caminhava e cumprimentava as pessoas automaticamente. Recebia os pêsames por sua família, ao mesmo tempo em que era elogiado por sua aparência.

Homens o convidavam para falar de negócios, ou se encontrarem para beber e jogar no clube, tentando forçar uma amizade. Enquanto as mulheres casadas e viúvas lhe lançavam olhares lascivos.

Já as jovens solteiras soltavam risadinhas infantis e escondiam as bocas com as mãos enluvadas ou leques, para falarem aos ouvidos de suas amigas. Ao mesmo tempo, direcionavam-lhe olhares furtivos entre cochichos e abanos.

Ele estava de volta à Corte e precisava aprender rapidamente as regras do jogo. O problema era que ele ainda não sabia se queria fazer parte disso tudo, apesar deste ser o seu dever.

— Stanton, gostaria de apresentar-lhe o Conde e a Condessa de Sunderland e a minha noiva, Lady Margareth Spencer — anuncia orgulhoso Beaumont.

— Vossa Graça, é uma honra conhecê-lo! — exclama o Conde de Sunderland.

— A honra é toda minha, milorde. Beaumont falou-me muito bem do senhor e de sua família. Estou honrado por finalmente conhecê-los pessoalmente.

— Obrigado, Vossa Graça.

— E Lady Margareth, estou feliz por ter sido convidado para ser padrinho no casamento de vocês. Espero estar à altura de tamanha responsabilidade.

— Muito obrigada, Vossa Graça. Charles falou-me tanto sobre suas aventuras juntos, que é como se eu já o conhecesse. Minha irmã mais velha será a madrinha, pena que ela não está aqui no momento, mas gostaria muito de apresentá-la ao senhor. Charles sempre fala que Vossa Graça é como irmão para ele. E, podermos compartilhar esse momento único com os nossos irmãos, deixa tudo mais especial, não acha?

De repente, Meg nota a mãe lhe direcionando um olhar de advertência, que ela reservava para os momentos em que ela fazia algo inapropriado. O problema era que ela não sabia o que havia feito de errado.

— Me perdoe, Vossa Graça, pela inconveniência de minha filha. Lamenta-
mos muito a morte de seu irmão e de seus pais. É uma tragédia o que aconteceu
— se desculpa Lady Sunderland.

— Ah, Vossa Graça, sinto muito! Não era minha intenção dizer ou fazer
algo que o deixasse triste — comenta Meg, envergonhada.

— Está tudo bem, senhorita. Sei que sua intenção foi nobre. Mas você não
estava errada quanto a este cavalheiro aqui, ele realmente é para mim como um
irmão — afirma Philip dando um soco de leve no ombro do amigo, que finge
sentir dor no local.

Depois de algumas conversas com diferentes pessoas e famílias, Philip pede
licença e se dirige ao jardim. Ele estava exausto de tanta atenção e com muito
calor, devido à quantidade excessiva de pessoas aglomeradas em um espaço fechado.

Enquanto andava por um caminho de urzes, ele observou alguns casais se
dirigindo furtivamente para um local mais privativo do jardim, então rezava
para não encontrar ninguém em uma situação comprometedora.

Durante o passeio, ele se deparou com uma fonte que tinha no meio dela, a
estátua da Deusa Diana, deusa da caça. Ao seu redor havia pequenos jatos de
água que formavam um arco ao redor da divindade.

A obra era muito bem-feita, com uma aljava de flechas em suas costas, a mão
direita tentando pegar uma flecha e a esquerda pousada na cabeça do cervo ao
seu lado. Uma bela imitação da mesma escultura que ele vira no Louvre.

Contornando a fonte, encontra um banco vazio e se senta nele, fecha os
olhos e respira profundamente o ar da noite. Após alguns instantes, agora mais
relaxado, Philip retira de seu bolso uma carta com um grampo de cabelo preso
a ela.

Ele então observa com ternura os seus mais preciosos bens. Um objeto era a lembrança de um momento feliz, e outro as últimas palavras de seu querido irmão.

Abrindo a carta de Edward com a intenção de relê-la, Philip escuta um barulho estranho vindo da roseira.

Ele se pergunta se de repente haveria algum tipo de animal preso ali.

Aproximando-se com cuidado do local, escuta uma voz feminina pronunciando algumas palavras um tanto inapropriadas para uma dama.

Dando a volta pelo roseiral, encontra uma jovem tentando soltar a cauda de seu vestido da folhagem espinhosa.

— Droga! Que porcaria fiz agora?! — retruca Arabella para si mesma.

— Com licença, milady. Está precisando de algum auxílio? — pergunta Philip se aproximando.

— Não, não preciso. Acho que estou conseguindo soltar a cauda do meu vestido desses espinhos. Droga, piquei novamente a minha mão — exclama Arabella colocando o dedo na boca.

— Milady, vejo que a senhorita precisa de assistência, deixe-me ajudá-la, por favor. Acredito que terei mais sucesso nesta empreitada, já que as minhas luvas são bem grossas, acredito que conseguirei desprender o seu vestido com mais facilidade. Além disso, evitamos que a senhorita saia daqui toda furada.

— Ah, está bem, já que insiste.

Philip abaixa-se e começa afastando alguns galhos da roseira, para tentar ver melhor de que forma o vestido estava preso na planta.

— Estou curioso, se me permite a pergunta, como foi que isso aconteceu?

— Bom, eu estava apenas cheirando as rosas, e quando fui sair para continuar o meu passeio, vi que o vestido ficou preso nelas. Estou há algum tempo aqui, tentando soltá-lo dos espinhos sem rasgar o tecido, mas está muito escuro e difícil de ver como foi que ele se prendeu. Ademais, estava evitando não me arranhar no processo, sem sucesso, como pode perceber, já que tive que tirar as minhas luvas de renda para não correr o risco de rasgá-las.

— Entendo, acho que sei como ele se prendeu. Só mais um momento, por favor.

— Sério? Você consegue ver?

— Consigo, afastando dessa forma a parte de cima da roseira, eu tenho uma visão melhor da situação. Acho que é só mais este pedaço e você estará livre.

Arabella se afasta da roseira e começa a examinar a cauda do vestido, para ter certeza de que não houve nenhum estrago evidente.

— Ufa! Acho que não dá para notar que teve um leve rasgo nessa parte da cauda.

Ao levantar o rosto, ela olha para o seu salvador e se depara com olhos azuis e penetrantes, um cabelo escuro e um queixo com uma covinha no meio. Imediatamente ela reconhece o cavalheiro.

— É você! O fantasma — exclama chocada Arabella.

— Milady, pode ter certeza de que eu não sou um fantasma — responde rindo Philip.

— Sim, bom... Eu sei que você não é um fantasma. O senhor não deve estar me reconhecendo, também já faz tantos anos, eu devo estar muito diferente. Além disso, foi um momento tão rápido, que com certeza não teria motivos para o senhor se lembrar de mim.

— Confesso que a senhorita me deixou um tanto confuso. Nós nos conhecemos?

Philip observa melhor a jovem à sua frente e começa a lembrar-se de penas enormes e de uma silhueta mais magra. Agora, ela não era mais uma debutante, mas uma mulher, com um corpo voluptuoso e totalmente tentador.

— Estou me recordando, por acaso a senhorita seria a Lady Arabella Spencer?

— Sim, sou eu. Sem penas desta vez, decidi aboli-las para sempre. Minha mãe ficou exasperada por tal atitude — comenta rindo Arabella.

— Acredito ter sido uma decisão sábia.

Então, ambos caminham lentamente em direção à fonte.

— Não consigo acreditar que é o senhor. Nunca mais o vi depois daquele dia. O que aconteceu? Se me permite a pergunta.

— Bom, tive que resolver algumas questões familiares e precisei me ausentar por causa disso.

— Que lástima! Espero que estejam todos bem.

— Infelizmente não, mas deixemos este assunto de lado, por favor.

— Ah, perdoe-me por ser tão enxerida. É que eu nunca imaginei que voltaria a encontrá-lo novamente.

— Então, isso quer dizer que a senhorita ficou pensando em mim depois do nosso breve encontro?

— Bom, é que... Veja bem, foi uma situação um tanto ímpar a nossa e comentei com a minha melhor amiga Jane, que ficou curiosa em conhecê-lo. E depois que o senhor não apareceu mais em nenhum baile, Jane começou a criar uma teoria de que o senhor poderia ser um fantasma, já que existem tantas histórias desse tipo sobre o castelo.

— Acho que a senhorita pode comprovar agora que sou bem real.

— Com certeza, o senhor não é nada fantasmagórico. Apesar de estar um pouco mais pálido do que me recordo.

Enquanto se olham demoradamente, ao barulho das águas saltando na fonte, e sobre o olhar de Diana, Philip agradece mentalmente a Deusa por tão fortuito encontro.

— Se me permite a pergunta, como a senhorita está? Se casou? Tem filhos?

— Ah não, não me casei. Também não sei se me casarei um dia.

— Que resposta estranha. Por que pensa que não se casará? Nenhum jovem é de seu agrado?

Enquanto conversam vão caminhando lentamente de volta à mansão e ao salão de festas.

— Digamos apenas que as coisas que eu pensava serem importantes em um casamento ou pretendente não eram exatamente o que eu gostaria. Percebi que a realidade é bem diferente do que nós imaginamos.

— Concordo com você. A vida *real* pode ser bem dura às vezes. De repente ela nos mostra faces que jamais gostaríamos de conhecer.

Durante a caminhada, eles se deparam com um casal saindo de um outro caminho do jardim, um casal que Arabella não esperava encontrar tão cedo.

— Ora, ora, o que temos aqui passeando sem nenhuma acompanhante. Olá, senhorita Spencer — cumprimenta a Baronesa de Kent.

— Olá, Milady. Vejo que a senhora está como sempre, na companhia de Lorde Grant. Como vai sua esposa, milorde? — questiona Arabella com nojo em seu rosto, o que não passa despercebido por Philip.

— Ela está muito bem, senhorita Spencer, cuidando feliz do nosso filho no campo, onde ela prefere viver — afirma Desmond Grant, com um sorriso de deboche nos lábios.

— E este belo cavalheiro, como se chama? Acredito que ainda não fomos apresentados, senhor? — pergunta a Baronesa olhando com cobiça e desejo para

Philip.

— Vossa Graça.

— Como disse? — indaga sem entender a Baronesa.

— O correto é a senhora me chamar de Vossa Graça, pois sou o Duque de Stanton.

— Um Duque! Que maravilhoso! Me perdoe pelo engano, Vossa Graça — se desculpa a Baronesa fazendo uma reverência.

— Não sabia que Vossa Graça estava na cidade, quero dar os pêsames pela morte do seu irmão e dos seus pais. Sinto muito pela sua perda — comenta Desmond.

Philip, sentindo uma veia pulsar em seu pescoço, engole em seco e apenas agradece.

Arabella olha para ele com atenção e percebe que algo não está bem.

— Bom, estávamos voltando ao salão de baile, com licença.

— Se me permitir um conselho, Vossa Graça, milorde deveria tomar mais cuidado com suas companhias. Certamente, não gostaria de ser encontrado sozinho com uma jovem solteira, ainda mais uma senhorita com um passado tão duvidoso — retruca a Baronesa de Kent.

Após o comentário maldoso da Baronesa, Arabella permanece em silêncio durante o retorno deles ao baile.

— A senhorita ficou tão quieta depois do encontro com aquele casal. Posso saber o motivo?

— Digamos apenas que uma história sempre tem dois lados. Lembra-se do que conversamos sobre a realidade não ser exatamente o que esperávamos?

— Sim, eu me recordo.

— Bom, serei sincera com Vossa Graça. Na minha primeira temporada envolvi-me em um escândalo.

— E esse escândalo teve a ver com aqueles dois?

— Exatamente. O senhor ouvirá muitas histórias sobre mim, mas peço que não acredite nelas, até eu lhe contar a minha versão dos fatos.

De volta ao salão de baile, aproximam-se deles alguns cavalheiros exigindo a atenção do Duque. Então, Arabella pede licença e vai ao encontro de sua família.

— Bella, como você demorou para voltar! Tenho uma novidade incrível para lhe contar. O melhor amigo de Charles está aqui no baile e aceitou ser o nosso padrinho de casamento. E adivinha?

— O que, Meg?

— Ele é o Duque de Stanton! Dá para acreditar que teremos um duque como padrinho? Além disso, ele é muito bonito e elegante, você precisa conhecê-lo.

Enquanto isso, Philip é atualizado sobre a última fofoca do momento, em que uma jovem volta à sociedade após uma escandalosa temporada de estreia. E assim a noite se passa entre comentários maldosos e adulações.

Ele teve mais um breve contato com Arabella, em que eles foram apresentados, mas não conseguiu convidá-la para dançar, pois era o tempo todo interrompido por outros nobres, implorando a sua atenção.

Sem ele saber, era observado atentamente pela Baronesa de Kent, que já elaborava um plano em sua mente para conquistá-lo, e ter o Duque de Stanton em sua cama. Por outro lado, Desmond Grant admirava a nova silhueta de Arabella. Quem sabe ele conseguiria seduzi-la. Afinal, ela já fora apaixonada por ele um dia.

CAPÍTULO 7

Arabella

Arabella acordou tarde na manhã seguinte ao baile, enquanto permanecia deitada na cama, fazia mentalmente uma retrospectiva da noite passada, concluindo que sua primeira aparição na sociedade não fora tão ruim quanto imaginara que poderia ter sido.

E, como havia previsto, os dois continuavam juntos: Desmond e sua Baronesa. A confirmação de que ela precisava para dar continuidade a seu plano foi obtida na noite passada. Apesar disso e dos comentários de suas antigas "amigas", algo inesperado aconteceu no final.

Ele realmente existia! Ela não estava maluca — exclamou em um sussurro, como uma prece que só ela e Deus deveriam ouvir.

Não foi um sonho, uma ilusão, ou como diria Jane, uma assombração do palácio. Finalmente ela conhecia a identidade dele.

Philip Stanhope, ou melhor, Vossa Graça Duque de Stanton.

Ele era um duque com uma história trágica. Arabella sentia-se triste por tudo o que acontecera a ele. Meg e sua mãe lhe contaram mais detalhes da história, o irmão se matou e os pais morreram de tristeza.

Não conseguia imaginar tamanha dor que ele deve ter sentido. Pensava que ela se sentiria terrivelmente só se estivesse no lugar dele. Será que as fofocas são verdadeiras e ele estaria de volta à procura de uma esposa? — questionava a si mesma.

Bom, ele a perguntou se estava casada. E se...

Basta, Arabella! — ordenou para si — Deveria deixar de ser tão iludida, é evidente que um duque como aquele: gentil, belo e solteiro, jamais se interessaria por ela, principalmente com um escândalo em seu passado. Além disso, ela tinha assuntos mais importantes para pensar do que em arranjar um marido — advertiu-se com firmeza Arabella, mudando sua posição na cama, deitando-se de bruços e colocando o travesseiro por cima de sua cabeça.

No entanto, ficava se perguntando por que ele tinha que ser tão lindo e gentil. Não conseguia parar de pensar nele.

Nesse meio tempo, ela escuta uma batida na porta e convida a entrar.

— Bom dia, senhorita Arabella! Dormiu bem? — pergunta Daisy.

— Sim Daisy, obrigada! Faz tempo que não durmo tanto. Tinha esquecido como os bailes são cansativos. Acho que estou ficando velha demais para ficar até tarde em festas.

— Minha querida, se você está velha, eu já devo estar na hora da minha morte. Anime-se! O dia está lindo, com um sol muito agradável.

— Ah, então vou querer um vestido de passeio e aproveitar para sair um pouco. Todos já se levantaram?

— Milorde e a senhorita Emma já acordaram. Senhorita Margareth e a sua mãe, até onde sei, continuam dormindo.

Depois de se lavar e vestir, Arabella vai até a sala onde a família toma o café da manhã e encontra sua irmã mais nova almoçando.

— Bom dia, Emma!

— Você quer dizer boa tarde, Bella, pois já passa do meio-dia. Como foi o baile ontem? Você gostou? Estou ansiosa para saber de todas as fofocas.

— Você não deveria dar tanta importância a fofocas, querida irmã. Pois grande parte delas nem sempre relata toda a verdade.

— Ah, Bella, o que mais tenho para me distrair senão ouvir as notícias do que aconteceu nos bailes e outros eventos da temporada? Eu passo o dia todo estudando etiqueta, pintura e bordado. É tudo muito entediante. A melhor parte do meu dia são as aulas de equitação.

— E as aulas de dança? Pensei que você gostasse de dançar.

— Eu amo dançar, mas detesto as aulas da senhora Talbot, ela é muito rígida e acaba tirando toda a diversão.

— Entendo. Bom, eu tenho uma novidade para contar sobre o baile. Eu conheci o novo Duque de Stanton.

— Ai, meu Deus, um duque! Como ele é? Ele é bonito? Como foi que você o conheceu? Você dançou com ele? Ah, ele com certeza deve ser lindo.

Arabella ri do entusiasmo da irmã.

— Calma! Quantos questionamentos. Deixe-me pensar... A primeira pergunta: Como ele é? Bom, ele é alto, deve ter por volta de um metro e oitenta, tem ombros largos, é moreno, os cabelos são castanhos escuros, e ele tem os olhos mais azuis que eu já vi, é como se eu estivesse olhando para o céu sem nuvens em um dia quente de verão. Não que durante as outras estações o céu não possa ser tão azul quanto, mas é que o olhar dele me deixou um tanto acalorada.

— Que maravilhoso! — exclama Emma com o braço apoiado na mesa, e a mão segurando sua face — então, quer dizer que você o achou bonito?

— Sim, ouso dizer que sim. Ele é muito bonito e gentil. Além disso, ele será o padrinho de casamento de Beaumont com Meg, pois eles são melhores amigos desde Eton.

— Humm, já que você é a madrinha de Meg, isso quer dizer que ele será o seu par na cerimônia de casamento?

— Acredito que sim.

— Com certeza, isso é uma grande fofoca.

— Deixe-me ver o que mais... Ele não dançou com nenhuma dama. De acordo com Meg e mamãe, o retorno de Sua Graça à sociedade foi uma novidade tão inesperada que todos os nobres insistiram em falar com ele ou chamar-lhe a atenção.

— Oh, que falta de sorte! Com certeza ele te convidaria para dançar se tivesse tido a chance. Bando de abutres, não deixaram o pobre homem se divertir, depois de todo esse tempo longe.

— Bom, não tenho tanta certeza disso.

— Eu tenho! Você é linda, Bella. Ele seria um idiota se não se interessasse por você.

— Obrigada, Emma! Já que as minhas novidades acabaram e o dia está tão agradável, vou aproveitar para dar um passeio, você avisa a mamãe, por favor, que saí e não sei que horas volto.

— Posso ir com você?

— Você não tem aula hoje?

— Tenho — responde desanimada.

— Bem, eu preciso fazer algumas visitas, acredito que não seria tão divertido para você. O que acha de irmos ao museu *Week's Mechanical* amanhã à tarde? Eu li no jornal que eles estão com uma espetacular exposição de autônomos.

— Simmm, que ótima ideia! Ainda não fomos nesse museu, mas algumas amigas minhas foram e me falaram que tem uma tarântula gigante e que ela dá muito medo.

— Então, está combinado. Depois conversamos com Meg para ver se ela pode ir junto conosco. Infelizmente, Benjamim está em Eton, sei que ele adoraria ver esta exibição.

— Verdade, mas não tenho pena dele. Vai ser divertido contar a ele no final de semana sobre o nosso passeio, ele vai morrer de inveja.

— Coitado, Emma, talvez, possamos levá-lo no final de semana, se o espetáculo for realmente tão bom quanto dizem.

— Não, prefiro atormentá-lo. Além disso, você esqueceu que vamos aos Jardins de *Vauxhall* no sábado? Mamãe disse que terá jogos, danças e no final da noite fogos de artifícios.

— Bem lembrado, havia esquecido disso, mas então ficamos combinadas de irmos ao museu amanhã. Se me der licença, vou terminar de me arrumar para sair.

Bella dá um beijo na testa de sua irmã e volta para o seu quarto para buscar sua bolsa, dinheiro e alguns papéis. Saindo de casa a pé, depois de uma quadra, ela pega uma carruagem de aluguel.

Repassando o endereço para o cocheiro:

— Tem certeza de que deseja ir neste bairro, milady? St. Giles é muito perigoso, é um refúgio para mendigos, comerciantes pobres e criminosos. Nem um pouco adequado ou seguro para uma dama.

— Tenho certeza, sim, pagarei o dobro da corrida para o senhor me levar até lá, e, se me esperar, pagarei o dobro para me trazer de volta.

— Tudo bem, mas não serei responsável pela segurança da senhorita quando deixar a carruagem.

— Temos um acordo, agora, podemos seguir viagem, por favor?

— Está bem, milady.

Após uma longa jornada, a carruagem parou em frente ao estabelecimento conhecido como *O Corvo Negro*, o lugar era um bar e uma casa de jogos clandestinos, segundo lhe informaram. Para não chamar a atenção, ela vestiu uma capa meio surrada que Daisy lhe havia conseguido, de muito má vontade diga-se de passagem.

Ela precisava falar com o proprietário do local, sem chamar atenção para si. Então, criando coragem, desceu da carruagem e adentrou no salão do bar. Foi até o balcão e pediu para a atendente chamar o senhor Balfour.

— O que deseja falar com ele, madame?

— É um assunto particular, você poderia chamá-lo e lhe entregar esta carta, por favor?

A garçonete pega a carta e depois de algum tempo sumida por uma porta adjacente ao salão, ela retorna pedindo que Arabella a acompanhe até a outra sala, que veria de ser o escritório do proprietário.

Ao entrar no cômodo, ela se depara com um homem imenso, alto e muito forte, sentado atrás de uma mesa. Ele se levanta quando Arabella entra, e pede para sua funcionária fechar a porta ao sair.

— Por favor, sente-se, milady. Em que posso ser útil? Admito estar curioso, uma dama como a senhorita vindo aqui neste pardieiro é um tanto incomum. Se não fosse a carta que me entregou, eu jamais a receberia.

Abaixando o capuz de sua capa, Arabella responde:

— Obrigada por disponibilizar um pouco do seu tempo, senhor Balfour. Como pôde ler na carta que sua funcionária lhe entregou, desejo contratar os seus serviços para investigar uma pessoa. E, talvez, mais alguns trabalhos que exigirão os seus outros talentos.

— Pelo visto a senhorita está bem-informada sobre os meus, como disse? Ah, talentos! E como está o meu velho amigo, Walter?

— Ouso dizer que ele está muito bem, dirige um bar bastante conhecido e movimentado em Derbyshire, e a sua esposa, a senhora Clarke, é a melhor cozinheira da região.

— Quem diria que ele se tornaria um homem respeitável. O que o amor de uma mulher é capaz de fazer com a vida de um homem, é algo que eu nunca vou entender — dá uma gargalhada alta e estridente.

— O senhor não acredita no amor? — pergunta curiosa.

— Muito pelo contrário, milady. Tenho muita consciência do que esse sentimento é capaz de fazer, por isso é que fujo dele.

— Não sei se realmente é possível fugir do amor. Uma vez que ele te alcança, ele não te domina completamente? Penso não ser algo que se possa escolher, afinal, já disse o brilhante escritor William Shakespeare:

— "... Amor não se transforma de hora em hora, antes se afirma para a eternidade."

— Ah, uma romântica. Já amou, milady? É este o motivo da sua visita?

— Já pensei ter amado uma vez, mas descobri ser apenas uma ilusão, ou melhor, uma mentira. No entanto, a minha visita não se deve a isso, mas a uma reparação para uma amiga muito especial.

— Muito bem, e como eu me encaixo nesta reparação?

— Preciso que o senhor siga um homem chamado Desmond Grant, e que me relate tudo o que ele faz durante o dia, o máximo que o senhor puder descobrir.

— Seguir uma pessoa o dia todo custará caro, exigirá eu dispensar mais de um homem para o serviço.

— O senhor Clarke me explicou sobre isso e quanto seria a sua taxa. O senhor deve ter lido sobre isso na carta que te entreguei. Então, tomei a liberdade de lhe trazer esta quantia agora, e a outra parte eu lhe entrego quando tiver mais notícias sobre o andamento do serviço.

— Percebo que o meu velho amigo foi bastante detalhista na sua orientação. Algo mais que eu precise saber sobre esse Sr. Grant?

— Sim, antigamente ele era viciado em jogos de azar, quero saber se ele continua com esse vício e, se sim, quanto é a dívida dele atualmente. Também tomei a liberdade de anotar os nomes de algumas pessoas e lugares, que sei que ele frequentava ou socializava na época em que o conheci.

— Isso vai ajudar bastante. Como eu entro em contato com a senhorita?

— Pode enviar-me um bilhete para o endereço que está na folha que lhe entreguei agora, tomei a liberdade de adicionar nela o meu contato.

— Muito bem, vejo que a senhorita pensou em tudo.

— Bom, acredito que seja isto. Obrigada, senhor Balfour, espero encontrá-lo novamente em breve — levanta-se Arabella para ir embora.

— Negócio fechado, milady. Eu a acompanho até sua carruagem.

Após se despedirem, Arabella pediu ao cocheiro que a levasse a Strand Street, pois precisava ir até a Livraria de Belas Artes, que era ao mesmo tempo livraria e gráfica.

Lá, esperava encontrar um livro muito especial, indicado pela senhora Gilbert, e quem sabe adquirir alguns novos conhecimentos. Afinal, o mundo da tipografia poderia ser fascinante.

CAPÍTULO 8

Philip

Enquanto tomava uma bebida no clube de cavalheiros *White's*, Philip pensava em uma forma de conhecer melhor Arabella. Precisava elaborar algum evento ou lugar para que isso acontecesse, mas o quê?

Talvez ele pudesse descobrir com Beaumont se os Sunderland teriam algum compromisso junto com ele ou sua família.

Como se fosse chamado por um encanto, eis que adentra ao salão o seu melhor amigo Charles Beaumont.

— Boa tarde, Stanton! Como está se sentindo depois de seu primeiro baile?

— Exausto!

— Acostume-se, meu amigo, agora que você está de volta choverão convites para eventos de todos os tipos. Aliás, como conseguiu ficar sozinho por aqui? Nenhum lorde veio lhe adular, oferecer seus serviços ou favores?

— Cheguei há pouco e pedi para não ser incomodado, esperava encontrá-lo por aqui.

— Então, em que posso ajudá-lo? Não me diga que já se interessou por alguma dama? Não me recordo de você ter tido a oportunidade de conhecer muitas ontem à noite, acho até que você não dançou com ninguém.

— Bom, não exatamente. Quando estava passeando pelo jardim, encontrei uma antiga conhecida e descobri que ela permanece solteira.

— Humm, um romance antigo. Intrigante.

— Não, nada disso. Nos conhecemos brevemente no dia da apresentação de Louise à rainha, há alguns anos. Ela era apenas uma debutante. Eu havia recém-chegado de viagem e você me convidou para acompanhá-lo ao palácio com sua família, bem aqui neste clube. Você se lembra?

— Sim, de fato eu me recordo. Você permaneceu pouco tempo no castelo. Quer dizer, então, que conheceu essa dama nesse dia?

— Exatamente. Ela estava com uma dificuldade e eu a ajudei. Depois fui para o campo e nunca mais a vi, até ontem à noite.

— E quem é essa dama misteriosa que chamou tanto a sua atenção, para que depois de todos esses anos você ainda se recorde dela?

— É a sua futura cunhada, Lady Arabella Spencer. O que sabe sobre ela? Ouvi alguns comentários um tanto desconcertantes, que não condizem muito com a moça que conheci.

— Não sei direito toda a história, mas parece que ela se envolveu em um escândalo em sua primeira temporada. A fofoca da época, foi que ela tentou roubar o noivo de sua melhor amiga. E, como o plano fora descoberto, pela vergonha de seus atos, e por ter se tornado uma pária da sociedade, ela se refugiou no campo, onde viveu isolada até retornar esse ano.

— Também ouvi brevemente uma história semelhante, ontem à noite. Contudo ela não me parece ser uma pessoa invejosa, que tentaria roubar o pretendente da melhor amiga. Me pergunto se isso é realmente verdade.

— Eu tive pouco contato com a irmã de minha noiva, sei tanto quanto você, mas posso perguntar para Meg sobre esse boato.

— Desde que isso não gere nenhum transtorno em seu relacionamento, eu agradeço.

— Pensando melhor, tive agora uma ideia que poderia lhe ajudar a descobrir mais sobre esta história. Convidarei Meg e a irmã para irem ao teatro, na quinta-feira à noite. Venha conosco, podemos usar o camarote da minha família ou o seu se preferir, assim, poderá conversar com Arabella pessoalmente.

— Boa ideia. Outra questão, ontem à noite conheci um tal Sr. Grant no baile, e não me pareceu uma pessoa muito confiável. O que sabe sobre ele?

— E não é! Ele tentou me convencer a investir em um negócio duvidoso alguns meses atrás. Pedi para o meu administrador investigá-lo e descobri que ele estava com várias dívidas de jogo, mais tarde fui informado que as pessoas que entraram nesse projeto perderam todo o dinheiro.

— E ele não foi investigado sobre onde foi parar o investimento dessas pessoas?

— Isso que é o mais estranho, dizem que foi tudo acobertado pelo irmão mais velho dele, o Visconde de Rathbone.

— Ah, lembro-me do meu pai falando sobre esse visconde, dizia que Rathbone tinha muita influência no parlamento.

— E ainda tem. Ele possui um séquito de seguidores moralistas, que fazem tudo o que ordena. Acredito que ele possua alguma informação contra esses nobres, pois eles não ousam contradizê-lo.

— Faz muito sentido, por esse motivo o irmão nunca é julgado pelos seus atos.

— Exatamente.

— Ficarei alerta em relação a este Sr. Grant e ver se descubro com Arabella a história por trás desse boato.

— E eu convidarei as damas para irem ao teatro conosco — anuncia Beaumont, levantando o copo de conhaque.

— Combinado! Vamos ao teatro! — finaliza Philip acompanhando o amigo no brinde.

CAPÍTULO 9

Arabella

rabella e suas irmãs, Emma e Margaret, chegam ao museu *Week's Mechanical* para verem as exibições de autômatos. Após comprarem as entradas e adentrarem ao local, foram recebidas por um funcionário que as acompanhou até uma sala envolta por diversos relógios, de modelos e tamanhos variados.

— Bom dia, senhoritas! Sejam bem-vindas à nossa espetacular exibição, se esperarem mais uns quatro minutos, poderão observar os relógios criando vida. Além desta sala, existem mais seis com diferentes tipos de apresentações. Ah, antes que os relógios despertem, preparem-se, pois o som é bastante alto. Desejamos a todas um ótimo show.

Emma não parava quieta no lugar, ficava girando e olhando ao redor, ansiosa para não perder nada da apresentação. De repente, os relógios começaram a badalar, cada um com um som próprio, era difícil distinguir as músicas que tocavam entre tantas diferentes.

Havia um relógio cuco em uma caixa de madeira, com árvores e flores esculpidas nela, além de vários pássaros de cores azuis e tamanhos variados que saíam e entravam novamente no dispositivo.

Outro relógio parecia um casal de irmãos, eles batiam com um martelinho em um sino, havia outro que eram bonecos que tocavam instrumentos, o próximo eram dançarinos, e mais um com cavalos puxando uma carruagem.

Enquanto Arabella girava para ver todo o esplendor do espetáculo, inesperadamente o seu olhar se depara com olhos azuis em um rosto conhecido, observando-a com um sorriso nos lábios perfeitos. Parando onde estava, seus olhares se prenderam em meio à cacofonia de músicas, sinos e cucos.

O casal então é despertado, não pelo silêncio que se instaurou após a apresentação, mas pelos chamados insistentes de Emma.

— Bella, você conhece esse cavalheiro?

Arabella, despertando do seu transe, responde:

— Sim, deixe-me apresentá-la, conheça a sua Graça, o Duque de Stanton. Vossa Graça, esta é minha irmã mais nova, Emma.

— Lady Emma, é um grande prazer conhecê-la — diz Philip fazendo uma reverência.

— O prazer é todo meu, Vossa Graça — responde Emma, também realizando uma reverência.

— Que coincidência fortuita encontrarmos o senhor por aqui — declara Meg ao cumprimentar o Duque.

— De fato, bastante inesperada. Se me permitem, posso acompanhá-las durante o passeio?

— Obrigada, Vossa Graça, será uma grande satisfação a sua companhia. Não é mesmo, Bella? — pergunta Meg dando uma piscadela para a irmã.

— Com certeza é uma honra, Vossa Graça — responde com timidez Arabella.

— Obrigado, senhoritas.

Eles seguem para a próxima sala de exibições, e neste local se deparam com dois autômatos bastante peculiares.

Uma dessas máquinas, era uma carruagem que andava puxada por pássaros.

Do lado direito da sala, havia outro autômato de um garotinho, sentado, desenhando um cachorro, em que nesta mesma folha ele escrevia perfeitamente em francês: "*Mon Toutou*".

Essa mesma máquina em seguida desenhava um casal se beijando e uma cena mitológica de um cupido conduzindo uma carruagem puxada por borboletas. No final de cada desenho, o garotinho ainda era capaz de soprar a poeira do lápis, tudo executado com extrema perfeição.

— Li sobre esta exibição no jornal, mas confesso que estou ainda mais impressionado com tamanha destreza e habilidades dessas máquinas, elas são incríveis — exclama Philip.

— Também li a matéria do jornal, é realmente fascinante! Emma, está gostando das amostras? Emma? Meg? Onde elas estão? — questiona Arabella, olhando ao redor à procura de suas irmãs.

Philip, dando uma risada, sugere:

— Talvez elas tivessem a intenção de nos deixar sozinhos?

— Talvez não, com certeza elas fizeram isso de propósito, deve ter sido ideia de Meg, mas Emma deve ter adorado participar desse esquema.

— Se isso for desconfortável para a senhorita, podemos procurá-las.

— Não, não é necessário. Na verdade, sinto-me muito à vontade em sua companhia.

— Fico feliz em saber, milady.

Continuando o passeio, eles caminharam até um corredor que se dividia em duas salas e escolheram entrar no cômodo da direita. Era um lugar escuro, com teias de aranhas espalhadas pelo local, e no fundo da sala, à luz de velas, via-se uma grande tarântula, duas vezes maior que um cachorro da raça corgi. Ela era negra e mexia de forma intercalada suas oito patas.

— Que horrível!

— Tem medo de aranhas, Lady Arabella?

— Não das pequenas e inofensivas.

Philip coloca o braço ao redor dos ombros dela, tentando confortá-la. De repente, a tarântula gigante dá um pulo, assustando a dama, que o abraça com força.

— Veja, milady, não há o que temer, a aranha está presa em uma mola, que foi responsável por fazê-la saltar — declara Philip acariciando as costas de Arabella, tentando consolá-la depois do susto.

— Não quero vê-la.

Então Philip afaga a face dela, e com delicadeza levanta o seu rosto, e diz:

— Abra os olhos, querida. Não se preocupe, você não verá o monstro, mas gostaria que olhasse para mim.

Enquanto Philip acariciava a face da jovem dama em seus braços, Arabella criava coragem e abria seus olhos, deparando-se com pupilas dilatadas e um olhar intenso, não mais azuis devido à escuridão do ambiente, mas escuros e profundos. Olhos que a consumiam e hipnotizavam.

Em seus braços, ela se sentia acolhida e confortada, esquecendo-se de onde estava. Já não importava mais o lugar, ou as pessoas, somente aqueles olhos que a devoravam, que pareciam capazes de desvendar a essência de sua alma.

Abaixando o rosto, Philip encostou levemente os seus lábios aos de Arabella, um toque suave, mas prolongado, intercalado com vários outros pequenos beijos, que saborearam a maciez e a doçura de uma boca pronta para ser aberta e explorada em sua profundidade.

Contudo, uma voz surge na escuridão, abrindo uma fresta na barreira criada pela união de corpos que se entrelaçavam em um abraço cada vez mais forte, e bocas que se abriam para o deleite de novos sabores.

— Bella, venha ver, tem uma mulher tocando piano forte perfeitamente, é incrível! — chama Emma na porta da sala escura.

O casal se desprende em respirações ofegantes, ambos ainda conectados apenas pelo olhar, mas agora cientes do ambiente onde estavam.

— Oi, Emma, já estamos indo — responde ofegante. — Precisamos seguir em frente, Vossa Graça — anuncia Arabella saindo da sala, enquanto tocava os seus lábios com os dedos, mordendo-os, provando-os, sentindo neles o sabor dos beijos dele.

Eles se juntaram às irmãs de Arabella e terminaram juntos o passeio. Na saída do museu, foram abordados por um garoto que lhes entregou um panfleto, um folheto um tanto curioso.

♥

MANIFESTO PELO FIM DA RIVALIDADE FEMININA

Queridas amigas, mulheres que ouso chamar de irmãs. Venho através deste manifesto abrir-lhes os olhos para algo que talvez não seja evidente para vocês, a rivalidade que somos ensinadas a ter entre nós desde a infância. Vocês já pararam para pensar sobre isso?

Somos educadas desde muito cedo a competirmos umas contra as outras sobre os mais diversos assuntos, desde a nossa aparência até os lugares que frequentamos, ou as pessoas que conhecemos.

Depois, crescemos e finalmente entramos no mercado casamenteiro, para o qual somos todas treinadas e condicionadas a desejar mais do que tudo em nossas vidas. As amigas que achávamos ter tornam-se nossas inimigas, ameaças que devem ser superadas para conseguirmos conquistar o melhor partido, o melhor casamento e, assim, superarmos as nossas concorrentes.

Contudo, vocês já se perguntaram a quem essa rivalidade beneficia? Pois eu respondo a vocês, queridas irmãs, isto interessa somente aos homens!

E por que vocês devem estar se perguntando?

Porque enquanto estamos competindo umas com as outras, nos tornamos alheias a todo o resto. Assim, não participamos ativamente da sociedade, nossa voz não importa e passamos a viver à margem dos homens.

Quando menosprezamos, agredimos ou rebaixamos uma de nós, estamos calando a nossa voz e nos subjugando a um mundo em que somente os homens possuem poder.

Poder para nos governar e impor suas vontades. Vontades aquelas que muitas vezes nos prejudicam e nos inferiorizam. No entanto, saibam vocês de algo muito importante e que eles insistem em esconder.

Juntas somos mais fortes! Desta maneira, devemos lutar para sermos muito além do que meros objetos de deleite de homens fracos, que desejam apenas nos manipular para continuarem no poder e nos manter na ignorância.

Nós precisamos acordar e lutar por uma sociedade mais justa e igualitária e só poderemos fazer isto quando nos unirmos.

Então, da próxima vez que você se sentir induzida a ir contra as suas irmãs mulheres, pense antes a quem isto beneficiará. E, assim, você perceberá que sempre será um homem a ter vantagem com isso.

Vejo vocês em breve,

Uma Lady.

♥

— Posso acompanhá-las até sua residência, senhoritas?

— Não é necessário, Vossa Graça. Viemos com a nossa própria carruagem, que, aliás, está nos aguardando, obrigada por sua companhia — agradece Arabella se despedindo.

— Eu que agradeço a vocês, foi muito divertido. Acredito que nos veremos novamente amanhã à noite, no teatro.

— Sim, Vossa Graça. Charles nos convidou para assistirmos à peça "A Megera Domada", de William Shakespeare, será uma alegria ter a presença de milorde — declara Meg.

— Infelizmente eu não poderei ir, pois não fui convidada — anuncia tristemente Emma.

— Emma, você sabe que ainda é muito nova para participar de certos eventos, mas daqui a dois anos as coisas serão diferentes — adverte Meg.

— Ah, dois anos ainda, parece uma eternidade — lamenta novamente a irmã mais nova, subindo na carruagem seguida de Meg.

— Bom, precisamos partir, pois combinamos de almoçar com nossos pais. Adeus novamente, Vossa Graça, nos vemos amanhã — despede-se Arabella.

— Até amanhã, Lady Spencer — Philip se despede segurando a mão de Arabella e lhe ofertando ali um singelo beijo.

Ela sobe na carruagem e se senta ao lado de Meg, enquanto Philip observa o veículo se afastando.

Durante o caminho de volta para casa, após ter lido o manifesto, Emma exclama:

— Ei, Bella, você leu esse panfleto? Nunca pensei que houvesse uma rivalidade entre nós mulheres, mas sabe, até faz sentido.

— Sim, faz muito sentido — concorda a irmã mais velha, perdida em pensamentos sobre beijos, valsas e aconchego.

CAPÍTULO 10

Arabella

—Emma, suba até o quarto de suas irmãs e avise que o Marquês acaba de chegar, por favor! — pede a Condessa.

— Meeeg, o seu noivo está aqui para levá-las ao teatro — grita Emma, subindo as escadas correndo.

— Querida, se fosse para gritar eu mesma teria feito — censura a Condessa de Sunderland. — Perdoe-me, milorde, pelo alarde, em breve as jovens estarão aqui.

— Gostaria de me acompanhar em uma bebida? — pergunta o Conde de Sunderland ao Marquês.

— Não, obrigado milorde, estou bem — responde Beaumont.

Poucos minutos depois, Meg e Arabella descem as escadas seguidas pela irmã mais nova, as quais são recebidas pelos seus pais e Beaumont, que fica estupefato pela beleza de sua noiva.

— Ouso dizer, miladies, que vocês estão deslumbrantes. E que homem de sorte eu sou por ter conquistado uma noiva tão linda — anuncia Charles beijando a mão de Meg.

— Obrigada, milorde! — agradece Meg, entrelaçando o seu braço ao do noivo.

Após se despedirem, eles partem rumo ao teatro. Ao chegarem no local, dirigem-se ao camarote do Duque de Stanton, que já os aguardava.

— Vossa Graça, é um prazer revê-lo — declara Margareth.

— O prazer é todo meu, milady. Lady Arabella, estou feliz que tenhamos nos encontrado novamente — cumprimenta Philip as damas.

— Obrigada, confesso que também estou contente em revê-lo — comenta Arabella sussurrando próximo ao ouvido de Philip, que lhe sorri em resposta.

— Venha ver, Bella. Como está lindo o teatro. E olhe, do outro lado está Agnes acompanhada de seus pais e do noivo, Sir Arthur.

Arabella se aproxima do balcão e admira o esplendor do teatro. As arcadas douradas brilhavam com a iluminação a gás, com seus lustres e candelabros reluzentes como estrelas no céu. As cadeiras e os carpetes vermelhos, como a cor de seu vestido, em contraste ao dourado predominante do ambiente, davam um toque final na atmosfera de elegância e riqueza.

Ao ouvirem o primeiro aviso para o início da peça, eles se sentam em seus lugares em uma fileira de quatro assentos, com Meg e Charles nas cadeiras próximas ao palco e Arabella e Philip nas posteriores.

O ato introdutório de "A Megera Domada" se inicia com a apresentação de Bianca, a irmã mais nova que pretende se casar, mas não pode, devido à imposição de seu pai para que Catarina, sua irmã mais velha, case-se primeiro. No entanto, Catarina não deseja o matrimônio, por não querer viver sob o jugo de um homem.

Arabella tornava-se cada vez mais pensativa durante a encenação, ela se sentia solidária a Catarina, pois se perguntava se também seria considerada uma "megera" por não querer se sujeitar a um marido.

Entretanto, ela nem sempre fora assim, mas depois de tudo pelo que passou, como poderia confiar em um pretendente novamente? Será que Philip também pensava desta forma? Será que ele era mais um homem à procura de uma mulher dócil e submissa?

Ela cessa sua autorreflexão e passa a analisar o Duque ao seu lado. Ele, sentindo que estava sendo observado, olha para Arabella e sorri, aproximando seus lábios do rosto dela e lhe sussurrando ao ouvido.

— A senhorita está apreciando a peça?

— Sim! — responde Arabella envergonhada por ter sido pega em flagrante ao espiá-lo, então passa a olhar intensamente para o palco.

Philip continua a admirá-la, sem que ela perceba.

Ah, como estava linda naquele vestido vermelho e os lábios carmim. A lembrança de que sua boca estivera a pouco tempo unida a dela o estava deixando desnorteado. Como seria ter aqueles lábios em outras partes de seu corpo? Ao redor do seu...

Philip sente o seu membro intumescido pressionando a calça, ele se remexe no assento e volta a prestar atenção ao palco, precisava focar sua mente em outra coisa. Senão, não poderia sair de sua cadeira até aquela excitação passar.

O sinal para o intervalo é tocado e eles se levantam, Arabella anuncia que precisa ir até a toalete e Meg a acompanha.

— Então, Stanton, conseguiu descobrir algo sobre o boato referente a Lady Arabella? — questiona Beaumont.

— Infelizmente não, está difícil começar um diálogo durante a apresentação, ela parece tão concentrada no espetáculo.

— Não se preocupe, se não conseguir conversar com ela agora no intervalo, eu tenho um plano para deixá-los sozinhos, já combinei tudo com Meg.

— É mesmo, e que plano é este?

— Bem, quando formos embora...

Eles são interrompidos por outros nobres entrando em seu camarote. Enquanto isso, Arabella e Meg na toalete são abordadas por Nancy, ou melhor, Lady Ramsbury.

— Ora, ora, vejam só quem estava sentada no camarote do Duque de Stanton, se não é a ladra de noivos. Se eu fosse você, Meg, não deixaria a sua irmã tão próxima de seu noivo. Sabe-se lá o que ela anda falando para ele, pois duvido muito que um duque teria qualquer tipo de interesse em uma mulher da laia dela. Vou te dar um conselho, querida. Isso é péssimo para a sua reputação.

— Dispenso qualquer conselho vindo de você, Nancy.

— Tudo bem, afinal, é sua irmã, talvez você não seja muito diferente dela, mas será que o duque conhece o escândalo envolvendo Arabella?

— Ah, sua... — começa a retrucar Meg, mas é interrompida por Nancy.

— Pensando bem, talvez ele saiba, mas foi obrigado a vir, pela amizade que tem por Lorde Beaumont.

— Por que se preocupa tanto com isso, Nancy? Se ele está aqui por amizade ou interesse, isso não lhe diz respeito! Você está tão entediada com o seu casamento que precisa ficar bisbilhotando a vida dos outros? — questiona Arabella.

— Não falo com pessoas como você! — exclama Nancy com nojo.

— Então, pare de falar sobre mim, ou eu posso contar algumas histórias que sei sobre você. Já esqueceu do que aconteceu na biblioteca da casa de Lady Willoughby, ou devo lhe refrescar a memória?

— Ah, sua cretina. Eu vou...

— Você vai o quê? Aposto que o seu séquito não sabe dessa história. Afinal, estávamos apenas Jane e eu presentes, além, é claro, de um certo cavalheiro. Devo dizer a todas o que houve?

— Meninas, parem com isto. Chega dessa rivalidade, vocês não leram o manifesto que foi espalhado ontem pela cidade? Ele falava justamente sobre isto que está acontecendo neste momento, temos que ser mais unidas e não ficar uma tentando diminuir a outra.

— Você está certa, Agnes! Sinto muito — se desculpa Arabella.

— Pois eu não, aquilo era um monte de bobagens. Vocês são umas tontas por acreditarem no que dizia aquele texto. Além disso, estou cansada de todas vocês, vou voltar para junto de meu marido. Vamos, Agnes!

— Não, eu não vou com você, Nancy. Acho que sou muito tonta para continuar sendo sua amiga.

— Que seja.

Nancy se retira da toalete com um olhar de reprovação para as damas que permaneceram no local.

— Parabéns, Agnes! Nunca imaginei que um dia você teria coragem de enfrentá-la! — elogia Arabella.

— Talvez eu nunca tivesse tido coragem se não fosse por aquele manifesto, ele realmente me fez pensar em como estamos sempre lutando umas contra as outras. Percebi que isso me fazia muito mal e, por esse motivo, sempre permanecia quieta e deixava a Nancy falar e fazer o que quisesse. O pior é que eu sabia que era errado, mas não tinha coragem de enfrentá-la. Desculpa, Bella, por tê-la ignorado.

— Está tudo bem, eu sei o que tem no seu coração.

Bella abraça a amiga e se despede. Depois, ela e a irmã voltam ao camarote para assistirem ao restante da peça.

Após o término do espetáculo, enquanto esperavam os seus transportes serem trazidos até a frente do teatro, Meg sugere à Arabella ir para casa na carruagem do Duque de Stanton e ela na carruagem de Beaumont.

Arabella, percebendo o olhar insistente da irmã, aceita o arranjo.

Os primeiros a partir são Meg e o noivo. Enquanto esperam o seu veículo, Philip vê a oportunidade de perguntar a Arabella sobre os boatos.

— Lady Arabella, a senhorita me permite fazer uma pergunta bastante pessoal?

— Sim, Vossa Graça.

— Bom, não é algo agradável, mas como mais de uma pessoa veio me relatar esta história, achei melhor saber a sua versão dos fatos.

— Ah, imaginei que logo falariam para o senhor sobre esse assunto. Já sei o que vai me perguntar, se eu realmente tentei roubar e destruir o noivado da minha melhor amiga, Jane.

— Exato, foi esse o relato que ouvi.

— Não, em nenhum momento eu quis roubar o noivo de Jane, mas eu, de fato, tentei acabar com o noivado dela.

— E posso saber por qual motivo você fez isso?

— Desmond Grant era um caçador de dotes que estava extremamente endividado e o irmão dele se recusava a continuar sustentando-o. Então, ele e sua amante, a Baronesa de Kent, elaboraram um plano para conquistar a debutante que tivesse o maior dote. Naquela época, esta debutante era eu. No entanto, como o esquema deles poderia dar errado, ele também cortejou Jane ao mesmo tempo.

— E como você ficou sabendo sobre isso?

— Na noite em que ele ia me pedir em noivado, escutei o plano deles enquanto se encontravam às escondidas no jardim. Foi dessa forma que também soube que eles eram amantes. Relatei tudo o que vi para Jane, mas Grant já havia lhe falado muitas mentiras. Então, quando contei a verdade sobre ele, Jane não acreditou em mim.

— E a sua amiga, o que houve com ela?

— Hoje, ele a mantém vivendo no campo, longe da sociedade, para que possa continuar livre na devassidão, como fazia antes de se casar. E o mais triste é que eles têm um filhinho de dois anos. O menino nunca conheceu o pai.

— E os pais dela, não fazem nada?

— Eles se recusam a interferir no relacionamento deles. Dizem que ela deve obedecer ao marido. É como a peça que acabamos de assistir, não é isso o que se espera de uma mulher? Total servidão?

— Nem todos pensam desta forma.

— Pode ser que não, mas a grande maioria sim. E, infelizmente, a minha amiga cumpre bem esse papel.

A carruagem finalmente chega e eles embarcam no veículo.

— Pedi ao cocheiro que fizesse o caminho mais longo para a sua casa, se não se importar, assim, teremos mais tempo para conversarmos.

— Tudo bem, gosto de conversar com o senhor.

— Eu também aprecio nossos diálogos. Então, depois desses eventos, o que mais ocorreu para que a senhorita sentisse que não havia nenhuma alternativa, além de se afastar e permanecer reclusa no campo?

— Depois desse fatídico dia, tornei-me uma pária na Corte. Minhas amigas não falavam mais comigo, passamos a receber poucos convites para os bailes, e quase todos os meus pretendentes se afastaram. Os que permaneceram tinham o mesmo objetivo que Grant, o meu dinheiro.

— E como a sociedade ficou sabendo de toda essa história? Sua amiga falou para eles?

— Acredito que Jane não faria algo desse tipo, suspeito que toda essa mentira foi espalhada pela Baronesa de Kent e confirmada por Grant. Aquela mulher é uma cobra das mais peçonhentas. Aliás, percebi que ela anda de olho no senhor, cuidado com o bote.

— Não se preocupe, não tenho nenhum interesse naquela senhora.

— Que bom, detestaria vê-lo envolvido com ela.

— É mesmo? Somente com ela ou com alguma outra mulher?

— Bom, eu... não sei.

De repente, a carruagem faz uma parada brusca e Arabella, que estava sentada no banco de frente para Philip, é jogada de seu assento e amparada pelo duque, que a segura em seus braços e a faz sentar-se em seu colo.

Arabella, ainda se recuperando do susto, abre seus olhos e se depara com Philip observando-a e o sente acariciando suas costas.

— Você está bem? — indaga Philip.

— Acredito que sim, obrigada por me segurar. Apenas bati a minha cabeça no teto.

— Está sentindo alguma dor?

— Não está doendo muito, acho que bati aqui, na parte de cima da cabeça — responde Arabella passando a mão no local da batida, tentando mostrar o lugar onde se concentrava a dor.

— Deixe-me ver.

Philip, com um braço envolvendo as costas de Arabella, a mantém sentada sobre suas pernas e com a outra mão livre, começa a remover os grampos que mantinham os seus cabelos presos.

— Espera! O que o senhor está fazendo soltando o meu penteado?

— Preciso ver melhor onde foi a batida, não consigo passar a mão direito em sua cabeça com os seus cabelos presos desta forma.

— Ah, tudo bem. Eu te ajudo.

Após terminarem o desmonte, Arabella joga suavemente a sua cabeça para trás e passa seus dedos nos fios longos e ondulados, alisando-os, uma moldura negra e sedosa.

Philip cada vez mais excitado pelo traseiro firme e arredondado em cima de sua ereção proeminente, inspira profundamente várias vezes, tentando se controlar diante da visão dessa cigana que o enfeitiçava.

Desejoso por agarrar aqueles cabelos livres e trazer-lhe a boca até a sua, Philip, delicadamente acaricia a cabeça de Arabella à procura de algum ferimento, até ouvir um gritinho estrangulado de dor.

— Bom, não vejo nenhum machucado, mas dá para sentir um "galo" se formando.

— Agora que soltei os cabelos, também consigo senti-lo, está dolorido nesta região.

— Talvez eu consiga fazer a dor passar. Deixe-me tentar uma coisa.

Ele aproxima os seus lábios da cabeça de Arabella e oferta um beijo no lugar da pancada, vai descendo até a face dela com suaves afagos chegando aos lábios, que o acolhem entreabertos e convidativos.

Respirando pesadamente, ele segura a nuca dela e a abraça com força, trazendo-a para mais perto de seu corpo.

Aprofundando o beijo, a língua dele envolve a de Arabella, a qual emite um gemido em resposta, que imediatamente são devorados pela boca de Philip de forma intempestiva.

Arabella se sentia presa em um labirinto, perdida nos beijos dele, onde ela desejava jamais escapar.

Philip, faminto de desejo, percorre o pescoço dela com beijos e lambidas, até chegar em seu ombro direito, onde o morde levemente. Em seguida, desce a manga e o busto do vestido, libertando os seios macios da prisão que os mantinham trancafiados.

Ela não sabia mais o que estava acontecendo, seus pensamentos estavam perdidos, agora, eram somente sensações, sentidos inflamados que a dominavam.

A língua dele abraçava o bico de seu seio e uma de suas mãos massageava o outro mamilo, os sentimentos que estas carícias lhe despertavam estavam transformando-a em uma mulher completamente diferente, uma mulher sensual e luxuriosa, entregue aos prazeres que ele lhe proporcionava.

À procura de uma posição melhor para envolvê-lo em seu corpo, Arabella, senta-se com as duas pernas ao redor do quadril de Philip. Ele a ajuda levantando a saia de seu vestido, assim, ambos conseguiriam satisfazer o desejo latejante que os dominavam e implorava por mais contato.

Ela era uma deusa em seus braços, ardente, entregue ao prazer que ambos se davam. Orientando-a, ele conduz o quadril dela para mais próximo do seu. Arabella geme em resposta e passa a se esfregar em seu membro endurecido.

Ele volta a sua atenção aos seios negligenciados e morde de leve os mamilos há muito despertos, ora eles, ora a sua boca deliciosa. Sua mão percorre a perna envolta em seda, até chegar ao calção que guardava a intimidade dela. Após ter encontrado a abertura, seus dedos envolvem e acariciam a carne molhada, esfregando-a, até penetrarem em seu interior.

Arabella geme com a boca grudada na dele, suas mãos envoltas da face máscula, sentindo o perfume do rosto recém-barbeado, enquanto os dentes dele mordem o seu lábio inferior, os dedos acariciam o interior da sua intimidade, levando a um êxtase até então desconhecido por ela.

Entre ofegantes respirações, ela joga o seu corpo para trás, os seus seios são ofertados a ele, imponentes, ávidos pela boca que os devora com dentes e língua. Até que a explosão que a dominava se apaga e ela se aconchega em seus braços, que a conforta e acolhe depois da tempestade que dominou todo o seu ser.

Ele, ainda respirando pesadamente e sem ter o seu desejo satisfeito, notando que estavam próximos ao seu destino, acaricia e começa a arrumar o vestido dela no lugar.

— Arabella, meu amor. Precisamos nos recompor, estamos chegando na sua casa.

Ela acorda do seu estado de puro deleite. Abre os olhos e vislumbra os deles ainda famintos e desejosos. Então, beija-o ardentemente, dando tudo de si, despedindo-se.

— Philip, eu nunca senti isso antes, foi... Não sei direito como me expressar, é algo que eu nunca imaginei existir, não tenho palavras para descrever os sentimentos, as sensações que me dominaram.

— Eu sei, me sinto da mesma forma, mas precisamos nos arrumar. Venha, a sua casa é na próxima quadra.

Arabella arruma o seu vestido no lugar e tenta novamente prender os seus cabelos, restando uma mecha ainda solta, mas a carruagem para na frente da casa dela.

— Não consigo encontrar mais nenhum grampo, está muito escuro.

— Espera, pode usar este prendedor — diz Philip, retirando do seu bolso um grampo de cabelo com uma pérola na ponta.

— Isso me parece familiar, acho que tenho um jogo de grampos parecidos com este. Por que você tem um grampo de mulher guardado no bolso do seu paletó? — questiona Arabella desconfiada.

— É uma lembrança de um momento feliz, de quando conheci uma jovem debutante em apuros. Vire-se, eu o prendo para você.

Então Philip prende a última mecha de cabelo solta, com o grampo que guardara por todos esses anos.

Ele então, abre a porta da carruagem e desce, em seguida, ajuda Arabella a sair.

Eles se despedem na porta da casa dela e, com um beijo em sua mão, Philip parte, deixando-a com um leve pesar de saudades, além do desejo que aumentava a cada lembrança do momento que passaram juntos.

Philip, a caminho de sua casa, sorria. Feliz, pois agora tinha certeza de que encontrara o que estava procurando, um amor para toda a vida.

CAPÍTULO 11

Arabella

rabella estava tomando o café da manhã com sua família, escutando o relato de Meg sobre a noite anterior.

Enquanto sua irmã descrevia a peça que assistiram, recebia de vez em quando olhares conspiratórios dela, como quem soubesse o que havia acontecido na carruagem, mesmo não tendo lhe falado nada.

Ela passara a noite toda se revirando na cama e não conseguira dormir, lembrando das sensações que as mãos dele lhe provocaram quando acariciaram o seu corpo, pois ainda sentia em seus lábios os beijos que compartilharam. Mesmo agora sentada diante de sua família, percebia a urgência em encontrá-lo, como uma bússola que sempre aponta para uma única direção, uma atração magnética em que Philip era o seu Norte e todos os caminhos a levavam para ele.

— Com licença, chegou uma carta para a senhorita, Lady Arabella — avisa o mordomo lhe entregando a correspondência em uma bandeja.

— De quem é a carta, Bella? — pergunta Emma curiosa.

— É de uma amiga do campo, a Sra. Gilbert.

— Nossa! Você ficou amiga da bruxa da região?

— Meu Deus, Emma! Você também com essa bobagem? Ela não é uma bruxa. É apenas uma viúva que mora sozinha e que trabalha como parteira e curandeira para sobreviver. Além disso, a Sra. Gilbert é uma mulher admirável, você sabia que ela trabalhou em um jornal quando morava em Paris? Além disso, foi a mãe dela que lhe ensinou como utilizar as ervas para curar as pessoas das mais diversas doenças e a trazer crianças ao mundo.

— Não, não sabia, mas eu também nunca falei com ela. Confesso que a Sra. Gilbert me assusta um pouco. Quando nos olha, parece que está vendo dentro da nossa alma e lendo os nossos pensamentos... é inquietante.

Arabella começa a rir das bobagens da irmã.

— Não ria, Bella. Estou falando muito sério e eu não sou a única a pensar desta forma, não é, Meg?

Margareth se afoga com o chá e começa a tossir copiosamente.

— Você anda enchendo a cabeça de Emma com toda essa bobagem de bruxaria?

Voltando a respirar, ela responde:

— Bom, em minha defesa, eu fiz esse comentário antes de você me contar a história dela. Apesar de ainda ter as minhas ressalvas sobre isto.

— Vocês são inacreditáveis. Quando formos para o campo, convidarei a Sra. Gilbert para tomar um chá conosco e vocês verão como ela é incrível.

A mãe de Arabella, que também estava sentada à mesa, quieta até o momento, dá um leve pigarreado.

— Mamãe, você tem algo a dizer?

— Não querida, acho admirável esse dom que você possui de fazer amizade com os mais diferentes tipos, mas... admito que também tenho um pouco de medo da Sra. Gilbert.

— Não acredito no que estou ouvindo, vocês são impossíveis. Agora, em vez de um chá, vou convidá-la para um almoço e todas vocês estarão presentes.

As três se entreolham preocupadas, mas aceitando o inevitável.

Indignada, Arabella sobe até seu quarto para ler a carta que recebera. Contudo, a correspondência não era de sua amiga, mas sim do Sr. Balfour, pedindo para se encontrarem naquela tarde em seu estabelecimento *O Corvo Negro* e, desta forma, lhe relatar o que havia descoberto sobre Desmond Grant.

Após despistar suas irmãs para conseguir sair sozinha, ela estava no escritório do Sr. Balfour, de frente para ele, enquanto ele a olhava de forma crítica.

— Devo admitir, Srta. Spencer, que estou preocupado. O tipo que milady pediu para seguir é um dos piores canalhas que já tive o desprazer de conhecer. No que a senhorita está envolvida?

— Obrigada pela preocupação, Sr. Balfour, mas lhe garanto que não pretendo ter qualquer relacionamento com o Sr. Grant. Como disse na última vez que nos encontramos, minha intenção é poder ajudar uma amiga, mais especificamente a esposa dele.

— Esposa? Ah, sim. No relatório menciona que ele é casado, mas não vimos nenhuma vez a tal esposa. A senhorita sabe onde ela se encontra?

— Por que o senhor não me diz primeiro o que descobriu e depois vemos o resto?

— Tudo bem, direto aos negócios. Bom, de fato a senhorita estava certa ao suspeitar que o sujeito continuava viciado em jogatina. Ele está proibido de entrar no *White's* e em vários outros clubes mais "respeitáveis", ou melhor, as casas de jogos e apostas que os nobres costumam frequentar, até quitar totalmente as dívidas dele. Então, atualmente ele é cliente do *Cooper's* e o proprietário é um bom amigo meu. Se a senhorita desejar, posso pedir para que também proíba a entrada de Grant no estabelecimento. No entanto, isso só vai adiar por um tempo o vício, logo ele encontrará outro lugar para voltar a jogar.

— Não, não desejo isso. O que mais descobriu sobre ele?

— Bom, além do jogo e da bebida, o que é uma péssima combinação, devo acrescentar, ele possui algumas amantes fixas, uma é a Baronesa de Kent, como a senhorita já sabia, pois havia adicionado o nome dela na lista de pessoas que ele se relacionava. Além dela, há a Sra. Drake, que recentemente ficou viúva, pois o marido foi morto em um duelo por Grant, já que o falecido descobrira o caso dos dois.

— Meu Deus, que canalha!

— De fato, milady! Agora, ele está se encontrando com uma nova amante, Lady Ramsbury.

— Nancy? — pergunta chocada Arabella.

— Isso, o nome dela é Nancy, a senhorita a conhece?

— Sim, debutamos juntas. De fato, não deveria me surpreender com esta notícia, já que ela demonstrou interesse por ele no passado. Algo mais?

— Devo dizer, milady, que gosto da senhorita e fico me perguntando, o porquê do seu interesse nesse patife.

— Ele se casou com minha melhor amiga, Jane Grisham.

— E a senhorita acha prudente se meter nos assuntos do casal?

— O senhor não entende, eles têm um filhinho de dois anos que nunca conheceu o pai. Desmond os deixa isolados no campo, tem mês que não envia nenhum centavo para o seu sustento.

— Entendo, então sua amiga não tem coragem para enfrentá-lo e exigir os seus direitos de esposa, estou certo?

— Sim, está! — Arabella se levanta e começa a caminhar pelo cômodo. — Acredito que quando ela souber toda a verdade sobre o que ele anda fazendo em Londres, ela tome uma atitude, senão por ela, mas pelo filho. Assim, estive pensando, o nosso amigo Sr. Walter me disse que o senhor é um ótimo jogador, aliás um dos melhores de Londres.

— Bem, não gosto de me gabar, mas de fato sou muito bom. Qual a sua ideia?

— O senhor conseguiria arrancar o máximo de dinheiro de Desmond em uma partida?

— Do jeito que ele está sempre bêbado, seria muito fácil.

— Então, com este dinheiro eu posso enviá-lo para Jane e, quem sabe assim, ela se anime e, caso ele não o pague, o senhor poderia utilizar de outros artifícios para obrigá-lo. É claro, desde que essas ações não o prejudiquem, Sr. Balfour.

— Humm, me parece um plano interessante.

— Eu, infelizmente, não tenho muito mais dinheiro para pagá-lo, talvez, o senhor poderia ficar com um pouco do dinheiro que conseguir de Desmond. Sei que estou lhe pedindo muito, mas não consigo deixar de pensar que, talvez com este dinheiro e as coisas que o senhor descobriu sobre ele, isso ajude Jane a sair do torpor em que ela se encontra. O que acha?

— Bom, não sei se dinheiro, ou saber das traições e infrações do marido farão com que sua amiga o enfrente, mas podemos tentar. Afinal, uma ajuda é melhor do que nenhuma, não é verdade?

— Sim, eu também acredito nisso. Então, acordo fechado?

— Sim, acordo fechado!

Eles apertam as mãos e depois Arabella parte para casa, fazendo uma parada no meio do caminho na Livraria de Belas Artes para pegar uma encomenda que havia chegado e utilizar outros serviços que o estabelecimento oferecia.

CAPÍTULO 12

Arabella

rabella, sua família e os Beaumont passariam o final de tarde e à noite nos jardins de *Vauxhall*. Dessa forma, eles poderiam apreciar um sábado com jogos, brincadeiras, obras de artistas locais e, mais tarde, a famosa queima de fogos.

Além disso, o Duque de Stanton fora convidado para fazer parte do grupo, o que a deixava ansiosa e envergonhada na expectativa de revê-lo, depois de tudo o que aconteceu na carruagem.

Será que ele a considerava uma devassa por ter se entregado tão facilmente aos prazeres que ele lhe proporcionara?

Ah, a dúvida e o desejo estavam lhe corroendo por dentro, precisava vê-lo e descobrir o que pensava sobre tudo o que aconteceu entre eles. Isso, se ela conseguisse ficar a sós com Philip para lhe fazer essa pergunta. No entanto, o fato de ele ter aceitado o convite era um bom sinal, afinal, se ele não desejasse mais vê-la, teria recusado com alguma desculpa.

Sua família foi a última a chegar no local, eles haviam reservado dois camarotes para comportar a todos. Após os cumprimentos, decidiram caminhar pelos jardins em grupos. Meg de braços dados com Beaumont e Philip com Arabella, os pais deles vinham logo em seguida, depois Emma e Louise com o seu marido.

Arabella e Philip vinham caminhando em silêncio, às vezes trocando olhares furtivos um para o outro, conversando amenidades no início, mas agora estava uma espera constrangedora, cada um envolto em seus próprios pensamentos.

Estando tão próximos de sua irmã e seus pais, ela não ousava perguntar a ele sobre a noite do teatro. Entretanto, parecia que ele também estava criando coragem para lhe dizer algo, mas desistia.

De repente, Arabella notou que havia desamarrado o cadarço de sua bota, avisou ao Duque do ocorrido e decidiram parar próximo a um banco para se sentarem e amarrar novamente o seu calçado. Enquanto isso, o restante do grupo prosseguia em seu passeio.

— Deixe-me ajudá-la, por favor.

Philip se abaixa e amarra o cadarço da bota dela, demorando-se um tempo ali. Arabella, percebendo que estavam longe o suficiente de sua família, cria coragem e pergunta:

— Vossa Graça, gostaria de falar com o senhor sobre o que aconteceu no museu e na carruagem, mas não sei muito bem como começar.

Ele a ajuda a se levantar do banco e voltam a caminhar lentamente, enquanto conversam.

— Eu também gostaria de lhe fazer uma pergunta, mas antes de tudo, peço que me chame de Philip. Acho que depois do que passamos juntos, ficaram bem claras as minhas intenções com a senhorita. Então, o que deseja saber?

— Eu estava receosa de que Vossa Graça, ou melhor, que *você* poderia ter me achado uma libertina, ou uma devassa por ter me deixado levar pelas suas investidas e ...

— Não, por favor, pare! Nunca, jamais pense tal coisa de si mesma. Se alguém aqui deveria ser responsável sou eu e peço desculpas se a fiz pensar que fez algo errado.

— Esse é o problema, acho que deveria me sentir mal pelo que fiz, mas não consigo, pois gostei muito e não me arrependo desses momentos que passamos juntos. Acredito que o que mais me atormentava era imaginar que o senhor estava pensando mal de mim. Faz sentido?

— Compreendo a sua insegurança. Contudo, saiba que jamais pensei em nada de ruim ao seu respeito e você sempre pode falar comigo sobre qualquer assunto. Espero que não existam dúvidas entre nós. Eu também gostaria de conversar com o seu pai e pedir a autorização dele para cortej...

Inesperadamente escutam algo como se fosse uma explosão ou um estrondo forte. Assustados, Philip a abraça tentando protegê-la, ele olha ao redor e observa um grupo de pessoas aglomeradas próximas a duas mesas, estava acontecendo ali perto uma competição de tiro ao alvo e o som que ouviram anteriormente era de uma arma sendo disparada.

— Você está bem? Veja, está acontecendo um torneio de tiro. Se desejar, podemos voltar por um caminho diferente.

— Não, não é necessário voltarmos, acho que estava tão concentrada em nossa conversa que me esqueci de todo o resto, mas estou bem. Eu gostaria de assistir à competição, se você estiver de acordo.

Ele concorda com um aceno e vão até o lugar onde o jogo estava sendo realizado.

Arabella não pôde deixar de notar que nenhuma mulher participava do concurso.

O último competidor quase acertou exatamente no centro do alvo, faltando poucos milímetros para consegui-lo. Tal façanha demonstrava que ele era um ótimo atirador, o que o encorajou a se gabar para a multidão que o aplaudia. Foi quando Arabella reconheceu a voz do interlocutor.

— E é por isso, cavalheiros, que eu sou o melhor atirador de toda a Inglaterra, se quiserem poupar o tempo de vocês, já podem me pagar antecipadamente o que apostaram, pois com certeza irão perder mais uma vez.

— Você é um fanfarrão, Grant. Ainda hei de ver alguém ganhar de você nesta competição — exclama lorde Bertram.

— Sinto lhe informar, meu lorde, mas ainda está para nascer um homem que seja tão bom quanto eu — afirma para todos ao redor Desmond Grant.

— Pois eu pagarei vinte libras para a pessoa que conseguir vencer o senhor Grant na competição de tiro, quem tem a coragem de enfrentá-lo? — pergunta lorde Bertram para as pessoas ao redor.

— Eu gostaria de tentar, milorde — anuncia Arabella, para espanto de todos os presentes, inclusive de Philip.

— Lady Spencer, todos sabemos que uma mulher não é capaz de atirar, não é forte o bastante ou tem cérebro para isto, são emotivas e delicadas. Você acabará se machucando ou se matando e eu não quero ser responsável por sua morte ou se a senhorita ficar ferida por sua imprudência. Leve-a daqui, Vossa Graça, não vê que ela está atrapalhando o jogo? — declara Desmond.

— Está com medo de perder, senhor? Pois eu digo, que sou capaz de atirar tão bem ou melhor do que você!

— Isso é ridículo, vá para casa bordar alguma toalha, milady. Aqui não é o seu lugar.

Philip, vendo que as pessoas começavam a debochar de Arabella, que permanecia firme, sem sair do seu lugar, lhe sussurra uma pergunta ao ouvido:

— Tem certeza de que deseja fazer isso?

— Sim, eu sei o que estou fazendo, confia em mim?

Então Philip anuncia para a multidão reunida.

— Cavalheiros e damas, eu me responsabilizo por ela e aposto mais trinta libras que a Lady Spencer é capaz de vencer do senhor Grant.

— Você é um tolo, Stanton! O que acha que está fazendo? Ela vai acabar se matando e eu não vou pagar por isto! — adverte Desmond.

— Se é assim, então o senhor não tem nada com o que se preocupar, não é mesmo? Ou está com medo de perder para uma mulher?

E no coro de deixem a dama participar, Desmond acaba concordando. Rapidamente os alvos são trocados e as armas recarregadas.

Philip vai até os revólveres de Arabella e verifica se estão carregados corretamente.

— Você conhece as regras? — pergunta Philip para Arabella.

— Acho que sim, tem cinco pistolas na minha frente, então quer dizer que eu tenho direito a cinco tiros e aquele que conseguir acertar o alvo mais próximo do centro é o vencedor?

— Isso mesmo, boa sorte!

— Primeiro as damas? — pergunta o funcionário responsável pelo jogo.

— Não, prefiro que o Sr. Grant seja o primeiro, por favor.

— Observe e aprenda milady, pois eu duvido muito que você consiga chegar a tamanha perfeição.

O alvo era composto por sete círculos, eles eram pintados em preto e branco e o do meio em vermelho, com um ponto preto bem no centro dele, quanto mais perto do ponto preto, mais chances de ganhar o atirador tinha.

Desmond atira cinco vezes e ambos os tiros ficam no círculo vermelho, sendo que dois chegam bem próximos ao meio dele, por milímetros não foi um tiro exato.

Arabella se prepara para atirar. Quando pega na arma, as pessoas que olhavam a competição dão um passo para trás, assustadas, mas curiosas ao mesmo tempo.

Ela segura por um tempo o revólver, sentindo o seu peso e a forma com que a arma ficava em sua mão.

— Está reconsiderando, milady? Ou rezando pedindo auxílio divino? — zomba dela Desmond, sendo acompanhado por várias gargalhadas das pessoas presentes, que aumentavam cada vez mais em quantidade para observá-los, pois a notícia de uma mulher concorrendo no torneio de tiro já estava se espalhando pela área.

Calmamente, ela segura a arma com as duas mãos e aponta para o alvo, atira, em seguida repete o mesmo processo mais quatro vezes.

O funcionário corre até o alvo e o traz, para eles verificarem os tiros de perto.

Um silêncio domina o local, ambos sem entender o que havia acontecido. Até que uma pessoa pergunta.

— Ela acertou apenas um tiro?

— Não, ela acertou todas as cinco balas exatamente no mesmo local, no centro do objeto — grita lorde Bertram, levantando o alvo para todos verem e sendo ovacionado pelo grande feito de Arabella.

Enquanto isso, Desmond estava vermelho de raiva, com uma veia pulsando em seu pescoço.

— Acredito que não saiba, Sr. Grant, mas o guarda-caça de meu pai era um exímio atirador do exército, hoje aposentado devido a um ferimento na perna. Capitão Baker, já ouviu falar dele?

— Capitão John Baker dos Atiradores de Elite? — questiona lorde Bertram.

— Sim, foi ele mesmo quem me ensinou a atirar, milorde.

— Que incrível! Senhorita, é uma honra pagar a minha dívida, sendo uma aluna de John Baker, está explicado tamanha perícia. Poderia falar com o seu pai e dizer que desejo conversar com ele? Quero ter a chance de convencê-lo a marcar uma caçada em sua propriedade, talvez Baker possa me dar algumas dicas para melhorar a minha pontaria.

— É claro, milorde, falarei para o meu pai quando o encontrar novamente. Ele vai adorar marcar uma caçada em nossa casa de campo, não tenho dúvidas.

— Excelente, aqui está a minha parte da aposta, milady.

— Espere! Não é possível ela ter ganhado, teve alguma trapaça neste jogo e exijo uma revanche. Quero acompanhar a colocação de todos os alvos, pois é impossível o que ela fez. Com certeza ela deve ter subornado de alguma forma o funcionário para roubar para ela, enquanto não prestávamos atenção. Esse alvo foi adulterado! — exclama revoltado Desmond.

— Peça desculpas agora! Se não sabe perder, não jogue. Foi uma competição honesta! — refuta o Duque de Stanton.

— Pois eu não acredito, exijo uma nova rodada. Se ela é assim tão boa, não deve ter medo de competir novamente.

— Por favor, venha até aqui, senhor. Traga um novo alvo e o mostre para todos checarem, principalmente o Sr. Grant. Assim, ficará evidente que não houve nenhuma trapaça — pede Arabella ao funcionário.

O empregado pega dois novos alvos, um para cada competidor e os exibem para o maior número de pessoas presentes.

— Observem atentamente, Sr. Grant, meus lordes e senhores, os alvos estão novos, sem nenhuma marca. Agora, por favor, coloquem eles no lugar — pede Arabella ao funcionário responsável pelo jogo.

— Tem certeza de que deseja fazer isto novamente? Você não precisa provar nada a ninguém, foi uma competição justa — pergunta Philip.

— É melhor, assim encerramos este assunto.

Philip mesmo recarrega as armas para Arabella e ela novamente atira com precisão, sendo aplaudida com entusiasmo pela multidão ao redor, que confirma a sua vitória.

Ela faz uma reverência, aceita o dinheiro da aposta de Lorde Bertram e sai de braços dados com o Duque de Stanton, sob o olhar de puro ódio de Desmond que, contrariado, pega uma garrafa de bebida próxima a ele e parte, empurrando e xingando as pessoas que estavam na sua frente.

— Você foi incrível, nunca vi ninguém atirar assim tão bem, confesso que estou impressionado.

— Obrigada!

— Devo dizer que estou até com inveja, acredito que atiro bem, mas isso... Uau, acho que ao invés de pedir aulas para o guarda-caça de seu pai como lorde Bertram deseja fazer, espero tê-las com você.

— Seria um grande prazer — responde insinuante Arabella, que recebe um olhar demorado e apreciador de Philip.

De repente, eles são abordados por Lady Sunderland, que estava extremamente exaltada.

— Querida, ouvimos um boato bastante perturbador, você estava participando de uma competição de tiro? Por favor, me diga que isso não é verdade!

— Bom, não posso fazer isso, mamãe?

— Minha filha, você enlouqueceu? Uma dama nunca deveria se comportar dessa forma. E o senhor, Vossa Graça, por que não a impediu de fazer algo tão inapropriado? Agora, estão todos comentando sobre isso!

— Ora, Anne, por que se indispor por uma bobagem dessas? Deixe a menina se divertir um pouco. Então, filha, me diga, você ganhou?

— É claro, papai. O senhor Baker é um ótimo professor, aliás, lorde Bertram gostaria de conversar com o senhor sobre marcar uma caçada em nossa propriedade.

— Desse jeito você só incentiva o mau comportamento dela — Lady Sunderland repreende o marido.

— Esqueça isso, minha querida! Vamos até os nossos camarotes para jantarmos e depois eu procuro Bertram para conversarmos sobre a caçada.

— Amanhã eu lhe entrego o seu dinheiro — sussurra Philip próximo ao ouvido de Arabella.

— Não é necessário, sei que fez isto para me ajudar a participar da competição.

— Preciso sim, foi uma aposta e devo pagar a minha dívida, é uma questão de honra, além disso, isso me dá uma desculpa perfeita para visitá-la amanhã.

— Sendo assim, aceitarei de bom grado!

Após as famílias jantarem juntas ao som da orquestra que tocava, Philip convida Arabella para dançar.

Eles se dirigem à pista de dança, onde uma valsa se inicia de forma lenta e delicada, com os casais dançando em um vai e vem de saias que badalavam como sinos. Então, o ritmo da música acelera e eles começam a girar e girar em rodopios por toda a extensão da pista.

A melodia se altera outra vez e eles entrelaçam suas mãos, distanciando os seus corpos, mas ainda se tocando, para depois ele poder girá-la e trazê-la novamente para os seus braços.

Eles eram encontros e desencontros, braços e mãos entrelaçadas, olhos em busca um do outro. A música era o fio condutor que os conectava, que os mantinham unidos em um único estado de sublime adoração.

Até que a orquestra parasse de tocar e o silêncio os fizesse voltar ao mundo real, mas enquanto isso não acontecia, eles eram dois em um e isso era o que importava naquele momento.

Ao final da dança, a queima de fogos é anunciada.

Arabella vê suas irmãs Emma e Meg lhe acenando e, com um sorriso, pede licença a Philip. Ela corre para encontrá-las, assistindo juntas ao primeiro despertar flamejante de estrelas explodindo e caindo do céu.

Philip sozinho contempla não as luzes reluzentes acima de si, mas a dama à sua frente, sorrindo, deslumbrante, com reflexos dourados iluminando a sua face, como uma deusa pagã num dia de *samhain*[2].

Contudo, a prece que dedicava à sua deusa é interrompida por uma voz vinda das trevas. Ele relutantemente desvia o olhar do seu objeto de adoração e se vira para quem o chamava.

— Em que posso ajudá-la, madame?

— Muito pelo contrário, Vossa Graça. Eu que pergunto em como posso servi-lo. — indaga a Baronesa de Kent, enquanto passa a mão nos volumosos seios, dois vales firmemente formados e amparados pelo espartilho apertado.

Ela considerava que tal sacrifício valia muito a pena, pois o efeito era devastador para qualquer homem que olhasse, como o duque fazia naquele instante.

— Não desejo nada da senhora, obrigado.

— Tem certeza? Sei que a juventude parece interessante à primeira vista e

---

[2] O **Samhain** era um festival durante o qual o povo celta celebrava o fim do período de verão e se preparava para o início do inverno no hemisfério norte

até admito que ela é razoavelmente bonita, mas nada se iguala à experiência e à beleza de uma mulher mais velha. Por que bloquear o desejo se ele pode ser tão facilmente saciado?

— Milady, quero deixar bem claro que não tenho nenhum interesse em saciar meus desejos com a madame. Jamais lhe dei qualquer motivo para que a senhora pensasse de outra forma, com sua licença.

Com isto, Philip sai e se junta aos seus amigos, deixando uma mulher bastante enraivecida para trás.

— Finalmente encontrei você, minha querida — anuncia alto e com a voz enrolada Desmond, tentando beijar o pescoço da Baronesa de Kent.

— Pare, Desmond! Não percebe que estamos em público?

— Ah, deixa de bobagem, meu amor. O seu marido está no campo, como sempre, e nós estamos nos jardins dos prazeres, vamos aproveitar. Também não é como se ninguém soubesse da nossa relação.

— Fique longe de mim, você está fedendo a vinho azedo, tenha um pouco mais de dignidade, que nojo! — exclama a Baronesa, tentando se desvencilhar dele.

— Mas, minha querida, onde você está indo? Pensei que íamos passar a noite juntos.

— Cale a boca, você está fazendo um escândalo.

— Puxa! Eu só tomei um pouquinho de vinho, venha aqui e me dê um beijo.

Desmond segura o braço dela novamente e tenta puxá-la para si.

— Nossa, como estou cansada de você, das suas bebedeiras e de seus vexames. Eu soube o que houve hoje mais cedo. Perdeu para uma garotinha, que humilhação.

— Eu não perdi, ela roubou — respondeu meio cambaleando e quase fazendo ela cair com o seu peso.

— Me solte, seu fracassado!

Ela empurra Desmond com toda a sua força, fazendo ele se desequilibrar e cair de costas no chão, ficando ali deitado já inconsciente, enquanto a baronesa vai embora.

Alheios a tudo isso, Arabella e Philip se divertem o restante da noite assistindo ao show de fogos.

CAPÍTULO 13

Desmond

The London Gazette

Publicado por Autoridade.

Segunda-feira, 18 de abril de 1814.

Mais uma vez o Jardim dos Prazeres, ou melhor, os Jardins de *Vauxhall* mostrou-se ser um dos melhores eventos da temporada. No entanto, este ano tivemos um acontecimento inesperado, além dos entretenimentos tradicionais do local, que sempre agradam o público e a famosa queima de fogos, foi realizada a 15ª Competição de Tiro ao Alvo e pelo quinto ano consecutivo parecia que o Sr. Desmond Grant, irmão mais novo do Visconde de Rathbone, seria novamente o vencedor.

Contudo, para o azar do Sr. Grant, apareceu uma rival a sua altura. Sim, você não leu errado, uma mulher, ou melhor, uma dama, Lady Arabella Spencer, filha do Conde de Sunderland.

Esta jovem de apenas vinte e um anos chegou acompanhada pelo Duque de Stanton e enquanto parecia que a competição havia se encerrado e Grant já se autodeclarava vitorioso, a dama em questão, sem hesitar, desafiou-o para um embate final.

Esnobada por Grant e por outros cavalheiros ali presentes, ninguém deu muita importância para sua provocação, até ela ter sido apoiada pelo Duque, que após Lorde Bertran ter oferecido uma suntuosa soma de vinte libras para quem conseguisse derrotar Grant, Sua Graça acrescentou mais trinta libras a favor de Lady Spencer.

Intrigados, os espectadores fizeram coro para deixarem a jovem participar do torneio.

Assim, Grant, sentindo-se forçado, aceitou o desafio, o qual teve, no entanto, uma derrota memorável.

Isso mesmo, você leu corretamente, Desmond Grant foi derrotado no torneio por uma mulher, mas não se deixem enganar por esta dama de tão tenra idade, pois ela aprendeu a atirar com um dos melhores oficiais do reino, Capitão John Baker, dos atiradores de elites de sua Majestade, hoje com setenta e oito anos e guarda-caça de lorde Sunderland.

E este, meus queridos, foi o maior erro de Grant, subestimar o seu adversário, pois lhes afirmo, caros leitores, nunca vi ninguém atirar como ela.

A dama em questão acertou no centro do alvo todas as vezes o que levou seu adversário a suspeitar, exigindo uma revanche e que todos os alvos fossem verificados antes de atirarem novamente.

Entretanto, isso não foi suficiente para evitar que Grant perdesse para a respectiva Lady outra vez.

Humilhado e entorpecido pela bebida, o perdedor foi encontrado desmaiado próximo à pista de dança pelos funcionários do local, responsáveis pela limpeza dos jardins.

Não é de hoje que o Sr. Grant é conhecido por beber demais e ter que ser acordado com um balde de água fria no rosto.

Talvez esteja na hora de chamarmos a Sra. Grant de volta à sociedade, já que ela não é vista desde o casamento, ou será que também não aguentou as bebedeiras ininterruptas do marido e por isso vive no campo?

Não sei quanto a vocês, mas estou curioso em saber se no ano que vem haverá alguém suficientemente bom para ganhar da Lady Spencer. Soube que Lorde Sunderland está com a agenda cheia para caçadas em sua casa de campo até o final da temporada. De fato, quais cavalheiros não desejariam serem treinados pelo famoso guarda-caça?

Sei que, se eu pudesse, não pensaria duas vezes.

Nos vemos na próxima coluna com as notícias sobre a corrida de cavalos de sua Majestade.

Ernest Reeves

♥

Enquanto lia o jornal de segunda-feira, lorde Rathbone ficava cada vez mais enraivecido.

Se não bastassem as bebedeiras de seu irmão, as saídas com meretrizes em lugares públicos e as dívidas de jogo, agora isso, humilhado por uma mulher e ainda encontrado bêbado e inconsciente.

Sua paciência chegara ao limite, ele precisava tomar alguma atitude, ou então Desmond poderia arruinar a sua negociação com o embaixador da Rússia, Fiódor Petrovich Palen, e levar junto o nome da família para a lama.

Palen era extremamente conservador, se ele não agradasse ao embaixador poderia arruinar as negociações entre a Inglaterra e a Rússia na guerra contra Napoleão.

Rathbone chama um criado e solicita que ele vá até a casa de seu irmão com um bilhete que informava para vir vê-lo imediatamente.

Desmond, que passara a manhã toda dormindo, lê a notificação do irmão somente à tarde, partindo logo em seguida para vê-lo, preocupado, pois sabia que o irmão só o chamava para adverti-lo.

— Robert, mandou me chamar? Vejo que está ocupado, eu posso voltar um outro dia, se desejar — anuncia Desmond, entrando no escritório de Rathbone, que estava na escrivaninha ditando uma carta para seu administrador.

— Não, fique Desmond. Soulden, você pode ir, escreva a carta para o embaixador como lhe expliquei e depois me traga para revisá-la e assinar.

— Sim, senhor. Com sua licença, deseja que eu feche a porta, milorde?

— Não é necessário, espero não me demorar.

Rathbone acena para Desmond sentar-se na cadeira a sua frente e fica um tempo em silêncio analisando o irmão.

— Vejo que ainda não começou o seu dia de bebedeira. Deve dormir o dia todo para farrear a noite.

— Se é isso que pensa, Robert. Quem sou eu para contradizer o grande Lorde?

— Não seja condescendente comigo, Desmond. Sei o que você anda aprontando, mas este final de semana em *Vauxhall*, desmaiado de tão bêbado que estavas, foi uma desonra para o nome de nossa família. Além disso, suas impropriedades saíram no jornal mais lido da Inglaterra, como pode ver — diz Rathbone, jogando o jornal para Desmond, que o pega com indiferença.

— Peço perdão pelos meus atos, mas não era minha intenção ficar tão embriagado, acho que eu não devo ter comido nada e a bebida não me caiu bem. Geralmente, isso não acontece.

— Não, é claro que não. Normalmente você é expulso do local quando começa a ficar inconveniente ou quando o dinheiro acaba em alguma casa de jogo. Pensa que não sei que você está todo endividado novamente?

— É só uma maré de azar, era para eu ter ganhado uma grande quantia na competição de tiro, mas aquela intrometida tinha que aparecer. Se não fosse por Stanton, ela nunca teria participado do torneio.

— Sei, então é assim que você pretende sustentar a você e a sua família, através da jogatina? E o dote do casamento, o que fez com ele? Investiu em algo ou já gastou tudo?

— Ainda tenho uma parte guardada, não se preocupe com isso, estou estudando alguns imóveis para investir e analisando o mercado.

— Devo lembrá-lo de que não pagarei mais nenhuma dívida sua. Contudo, não foi somente por isso que o chamei aqui, estou para receber na semana que vem o embaixador da Rússia, que é um homem bastante tradicionalista, principalmente em relação à família e à moral. Preciso que você se comporte honradamente enquanto ele estiver por aqui. Nada de bebedeiras, saídas com prostitutas, ou jogatinas. Não quero nenhum escândalo envolvendo o nosso nome, nada que saia nos jornais, como aconteceu neste de agora. Está me entendendo?

— Sim, querido irmão. Terei uma conduta exemplar. Milorde não terá o que reclamar de mim.

— Assim espero, Desmond. Não quero me preocupar com você. Se isso não acontecer, eu prometo que o expulso de Londres e você terá que viver no campo com sua esposa negligenciada. Estamos entendidos?

— Com certeza, não há com o que se preocupar.

— Está bem, então, pode ir agora.

Desmond sai da mansão de seu irmão e pega uma caleche de aluguel, dirigindo-se logo em seguida para uma casa de jogos. Afinal, Robert não mencionara que ele não poderia jogar esta semana. Como o embaixador só chegará na semana que vem, era melhor ele aproveitar um pouco da liberdade que ainda lhe restava.

CAPÍTULO 14

Arabella

rabella estava mais uma vez no escritório do Sr. Balfour, pois ela havia recebido um bilhete mais cedo solicitando a sua presença.

— Então, quais as novidades? Admito que estou curiosa.

— Veja por si mesma, milady — Balfour lhe entrega um documento.

— Isto é uma escritura de uma casa em Chawton, mas como e onde o senhor a conseguiu?

— Bom, o seu "amigo" Sr. Grant foi ontem no final da tarde ao *Cooper's* para jogar, pedi ao proprietário para me avisar quando ele aparecesse ali. Então, fui até lá e joguei contra ele.

— Minha nossa, então esta é mesmo a escritura da casa de Jane?

— Sim, senhorita. O patife já havia perdido todo o dinheiro no jogo, então, para poder continuar, ele apostou a escritura da casa onde sua amiga vive com o filho. Como pode ver, ele também a perdeu.

— Meu Deus, não consigo imaginar o que teria acontecido se ele perdesse a casa para outra pessoa que não senhor, isso seria terrível. Coitada de Jane e seu filho, eles poderiam estar na rua neste exato momento — Arabella seca uma lágrima que cai em seu rosto.

— Eu sei, é terrível, mas agora a senhorita conseguirá ajudá-la. Veja, eu também arranquei mais dez libras do canalha. Assim, pegue este dinheiro, a escritura da casa e envie para a sua amiga. Com este valor acredito que ela conseguirá sobreviver por alguns meses, existem pessoas que vivem com muito menos do que isso.

— Mas o senhor não vai cobrar a comissão do que ganhou?

— Não, por favor, entregue tudo para a sua amiga, a senhorita não me deve mais nada.

— Muito obrigada, Sr. Balfour. Não sei como agradecê-lo por toda a sua ajuda.

— Não é necessário agradecer, confesso que eu devia um favor para o meu antigo amigo, Walter. Agora estamos quites. Me avise se precisar de algo mais e espero sinceramente que esta ajuda traga alguma esperança a sua amiga, para que ela consiga sair dessa situação devastadora.

— Eu também espero. E, mais uma vez, obrigada.

Arabella se despede e parte de volta para casa. Ao chegar, é recebida por Daisy, que a aborda imediatamente pedindo para falar com ela em particular.

Elas sobem até o quarto de Arabella e Daisy relata:

— Milady, eu estava na cozinha almoçando com o restante dos criados, até que Emily, auxiliar da cozinheira, nos contou uma história que acredito ser de seu interesse.

— Qual história?

— Lembra que a senhorita pediu para eu ficar de ouvidos abertos sobre o que acontecia nas casas de Lorde Rathbone e do Sr. Grant caso ouvisse algum comentário dos criados?

— Sim, eu me recordo. Então, você ficou sabendo de algo?

— É isso que quero lhe contar, Emily está de cortejo com um criado da família Rathbone e ontem à tarde o Visconde mandou chamar o irmão com urgência. Quando ele chegou, deixaram a porta do escritório aberta e o criado ouviu tudo o que conversaram.

— E o que eles disseram?

— Lorde Rathbone irá receber o embaixador da Rússia na semana que vem e o Sr. Grant está proibido de fazer qualquer tipo de escândalo que possa manchar o nome da família, senão ele será expulso de Londres e banido para viver no campo.

— Daisy, muito obrigada por compartilhar isso comigo, irei avisar imediatamente Jane. Você ajudou muito.

— De nada, senhorita. Se eu souber de mais alguma coisa, lhe avisarei.

— Faça isso, por favor. Ah, espere, pegue este dinheiro, para você e Emily poderem tomar um café no seu dia de folga.

— Obrigada, milady.

Arabella fica em seu quarto sozinha, pensando no melhor jeito de contar a Jane os eventos passados e, desta forma, convencê-la a voltar para Londres e enfrentar o seu marido.

♥

Londres, 19 abril de 1814.

Querida Jane,

Já faz algum tempo que não lhe escrevo, mas trago novidades que acredito que possam em muito alterar o rumo da sua vida.

Obtive êxito no plano que lhe havia comentado antes de partir para Londres. Entretanto, é com pesar que lhe aviso que Desmond foi muito além do que eu poderia ter previsto.

O amigo do Sr. Walter ganhou de Desmond, em uma partida de jogo de cartas, a escritura de sua casa em Chawton.

Sei que essa é uma notícia terrível e sinto muito por vocês terem que passar por isso. Infelizmente, em nenhum momento ele se preocupou com a segurança de vocês.

Desta forma, estou lhe enviando junto com os documentos da propriedade, uma soma em dinheiro que o Sr. Balfour conquistou de Desmond na jogatina. Além disso, também estou mandando cartas de crédito no valor de cinquenta libras, que ganhei por ter vencido o torneio de tiro, como pode ler na matéria do jornal que está em anexo.

Minha amada amiga, se me permite um conselho, volte para Londres. Fale para Desmond que você não tem mais onde morar, pois ele perdeu a escritura de sua casa, diga que foi expulsa dela.

Pegue esta oportunidade e, com a ajuda do Pastor Morton, alugue o imóvel e utilize esta renda para se sustentar sem ele saber.

Além disso, na semana que vem, Grant foi intimado pelo irmão a não fazer nada que envolva o nome da família em um escândalo, então este seria o momento perfeito para você voltar.

Você sabe que o único que consegue conter Desmond é Rathbone, que o ameaçou ao exílio, caso ele faça algo de errado e prejudique as negociações que ele está tendo com a Rússia.

Jane, querida, agora é com você, fiz tudo o que podia para ajudá-la. Seja destemida, minha amiga, como você era antes de conhecer este canalha, senão por você, mas por seu filho.

Venha para a capital e o enfrente. Vou estar ao seu lado para tudo o que precisar.

Com todo meu amor,

Arabella.

CAPÍTULO 15

Jane

Jane, com seu filho e a camareira, que também ajudava como babá, estavam em uma carruagem rumo a Londres. Nervosa e principalmente com medo, ela apertava com força a carta que recebera de Arabella.

Em sua mente ela torcia para Desmond não estar presente no momento de sua chegada. Se ela pudesse adiar o máximo possível o confronto que sabia ser inevitável, uma vez dentro da casa seria mais difícil para ele expulsá-la depois.

Ela dizia a si mesma que precisava ser forte pelo seu filho. Ele estava crescendo e ainda não conhecia o pai. Contudo, também não sabia se isso seria de grande valia para a criança. Desmond não era exatamente uma pessoa a se admirar.

Como alguém podia mudar tanto em tão pouco tempo? Ela se perguntava.

A lua de mel deles fora perfeita, os melhores momentos que ela já vivenciara em sua vida. E depois, nada. Apenas indiferença, como se ela não fosse alguém relevante e que merecesse a atenção dele.

Tudo o que eles passaram juntos foi apenas uma armadilha para que ela caísse apaixonada em seus braços e aceitasse calada o que ele faria logo em seguida, abandoná-la com a desculpa de que voltaria logo, que tinha negócios a resolver.

No entanto, o retorno dele fora breve, somente para deixar claro que ela deveria viver ali no campo e que ele não desejava compartilhar nem a cama e nem a vida com uma pessoa tão enfadonha e sem encantos como ela.

Jane sentira-se extremamente humilhada naquele dia, chorara até cair de exaustão, pensara que fosse morrer de tristeza.

Após uns dois meses, ela descobriu que estava grávida. Ávida pela aceitação dele, escreveu uma carta lhe contando sobre a novidade, mas recebera em resposta uma soma em dinheiro e nada mais.

Seus pedidos para que ele viesse vê-la foram ignorados, nem sequer dignos de resposta e assim ela viveu por meses, num limbo.

Seu pai dissera que ela deveria obedecer ao marido, como era o dever de toda a mulher. A mãe de vez em quando lhe enviava algum dinheiro escondido de seu pai, pois tinha medo de enfrentá-lo abertamente.

Suas irmãs estavam mais preocupadas com a própria vida do que com ela. Sentia-se tão sozinha! Se ela tivesse acreditado em Arabella desde o início, nada disso teria acontecido.

Foi nesse momento, com sete meses e meio de gravidez, sabendo que talvez ela poderia não sobreviver ao parto, que ela enviou uma carta para a amiga pedindo perdão e implorando que, se algo lhe acontecesse, Arabella cuidasse de seu filho.

Dois dias depois, Bella batia na porta de sua casa, de braços abertos, pronta para perdoá-la e ajudá-la em tudo o que ela precisasse. Talvez ela não estivesse aqui hoje se não fosse por sua amiga, ela fora a sua fortaleza quando mais precisava e seria deste forte que ela tiraria coragem para defender a si mesma e ao seu filho.

Após chegarem em Londres, Jane observava uma rua bastante familiar, a *Hanover Square*, lugar onde ficava a casa dela, dada pelo seu pai como parte do dote de casamento.

Ao parar nesta rua, devido ao grande fluxo de carruagens, pedestres e caleches, pela janela do veículo Jane é abordada por um garotinho que não devia ter mais que oito anos, e que lhe entrega um papel que dizia...

♥

MANIFESTO PELO FIM DA SUBMISSÃO DA MULHER

Caras amigas, fui recentemente assistir à peça que está sendo apresentada no Teatro Convet Garden, "A Megera Domada", de William Shakespeare. E admito que nunca havia prestado muito atenção ao livro até este momento, mas vendo a encenação me deparei com uma realidade deplorável.

A realidade de que somos treinadas desde a mais tenra idade para nos submetermos de todas as formas possíveis aos mandos e desmandos dos homens. E ai de nós, pobres mulheres, se demonstrarmos qualquer traço de inteligência ou opinião própria, ou negarmos quaisquer solicitações de que somos impostas por eles.

Se isso acontece, somos tratadas como Catarina, a personagem principal desta peça, que se recusa a viver governada por um homem e é considerada uma "MEGERA", que precisa ser domada, amansada, como um animal que deve ser domesticado.

Então, após uma série de humilhações, Petrúquio consegue finalmente amansar a fera, submetendo-a a ele, como se nós fossemos seres irracionais, inferiores ao homem e que, por isso, devêssemos ser dominadas e controladas por não termos condições de pensarmos por nós mesmas.

E o discurso final de Catarina para as outras mulheres, de como elas deveriam tratar seus maridos, é um ato de manipulação para cairmos em um golpe, em que a recompensa seria o "amor". E em troca você daria a sua alma e tudo o que a torna humana, ou melhor, um ser pensante em nome desse sentimento.

Pois, ao fazer isto, Catarina não existe mais, é apenas um fantoche que se move de acordo com as ordens do marido.

Por esta razão, queridas amigas, venho alertá-las para que se rebelem, juntas seremos mais fortes na resistência de provarmos que somos tão inteligentes e capazes quanto qualquer homem.

Nós somos dignas de sermos ouvidas, que nossas vozes não sejam silenciadas. Não há nada de errado em discordarmos de algo que não é o que desejamos, ou que não seja o melhor para nós. E não devemos ser punidas ou consideradas incapazes, por estarmos pensando por nós mesmas.

Espero vê-las novamente em breve, pois não está em mim calar a minha voz.

Uma Lady

♥

Enquanto lia o manifesto em suas mãos, Jane pensava que aquilo só podia ser uma mensagem de Deus ou de algum ser superior que sabia de sua situação e veio lhe servir de apoio para o que deveria fazer.

Ela não calaria a sua voz ou a sua vontade. Em nome de seu filho e por si mesma, ela lutaria.

A carruagem havia parado em frente à sua casa, estivera ali somente duas vezes, logo que se casou e na volta de sua lua de mel. Isso foi há quase três anos. E, agora, voltava para reivindicar o que era seu por direito.

Jane deixa o seu filho aos cuidados de sua camareira/babá e desce da carruagem, batendo à porta da casa, que é aberta por um criado.

— Em que posso ajudá-la, madame?

— É senhora, Sra. Grant. Onde está o meu marido? — pergunta Jane já adentrando na casa, seguida de sua criada com seu filho.

— Ah, o patrão não está aqui no momento. Infelizmente, ele não nos avisou a respeito de sua chegada, senhora Grant.

— Entendo, o meu marido não é muito de dar importância à correspondência. Aliás, você sabe onde ele foi?

— Não tenho muita certeza, mas posso mandar procurá-lo nos lugares que ele mais frequenta, se assim desejar.

— Não, não é necessário. Uma hora ele terá que voltar para casa. Qual o seu nome?

— Me chamo Jarvis, senhora.

— Jarvis, por favor, ajude o cocheiro a descarregar a nossa bagagem. Ah, e onde está o mordomo?

— O Sr. Grant o dispensou no mês passado, senhora. Então, eu faço um pouco do serviço que era dele, ajudo com o que posso.

— Entendi, quem mais está trabalhando na casa?

— Temos uma cozinheira, uma criada, o valete pessoal do Sr. Grant e um rapaz que cuida da cocheira.

— Muito bem, ajude com nossas bagagens e depois chame todos os criados, pois gostaria de conhecê-los, já que voltei para ficar em definitivo em Londres.

— Sim, senhora.

Jane olha ao redor da sala, pelo menos estava limpa. Ela sobe em direção aos quartos com seu filho nos braços.

— Olha, Thomas, esta será a nossa nova casa. Gostaria de conhecer o seu quarto, querido?

— Sim, mamãe.

Jane abre a porta de um quarto ao lado do seu.

— O que acha desse? Você gostou?

— Sem brinquedos — responde Thomas com sua voz de criança.

— Tem razão, mas vamos pegar os seus brinquedos e arrumá-lo para você.

— Eu não quero dormir aqui sozinho.

— Bom, você pode dormir comigo, até se acostumar com o seu novo quarto. O que acha?

— Tudo bem, eu vou ver o meu papai agora?

— Você gostaria de conhecê-lo? — pergunta Jane sentindo uma dor no peito.

— Acho que sim, ele é o meu papai.

— Talvez hoje não, amanhã. Já vai começar a anoitecer e nossa jornada foi longa, acredito que você esteja cansado e com fome. Vamos fazer um lanche e depois você tomará um banho e irá para a cama.

Jane pega a mão de seu filho e eles descem de volta para a sala, onde suas bagagens estão amontoadas no corredor e os criados aguardam para se apresentarem.

— Obrigada a todos por me receberem, eu sou a Sra. Grant e voltei a Londres para ficar em definitivo. Vejo que alguns rostos eu já conheço, a senhora é a cozinheira, não é?

— Sim, senhora. Já estava aqui quando milady se casou com o patrão. Fui contratada pelo seu pai na época.

— De fato, me recordo da senhora. Sra. Sharp, não é mesmo? Quando voltei da lua de mel a senhora nos fez uma deliciosa torta de amoras, uma das melhores que já provei.

— Sim, milady — responde a cozinheira com um sorriso.

— E você, qual o seu nome?

— Me chamo Elizabeth Harris, milady.

— Prazer em conhecê-la. E você, meu rapaz, como se chama?

— Eu sou Paul Lilley. Cuido dos cavalos do patrão.

— E a carruagem?

— Ele a vendeu, agora só tem uma caleche e três cavalos.

— Humm, compreendo. E vocês têm sido pagos?

Os funcionários se entreolharam, meio assustados, mas o Jarvis respondeu:

— Sra. Grant, não recebemos há quase três meses.

— Bom, pagarei a vocês os salários atrasados, sinto muito pela negligência de meu marido. Amanhã cuidarei disso. Agora, Sra. Sharp, poderia providenciar um chá e algo para comermos, por favor?

— Com certeza, milady. Prepararei imediatamente.

— Um minuto, antes que vocês voltem aos seus afazeres, amanhã de manhã gostaria de me sentar com a senhora e a Srta. Harris e ver o que está faltando de alimentos e materiais de limpeza.

— Estamos ao seu dispor, milady.

— Obrigada! Jarvis e Lilley, vocês podem levar estes baús para o meu quarto? Ele é o último, que fica virado para o jardim, e estes outros para o quarto que será de Thomas, é o que fica logo em frente ao meu.

— Está bem, senhora.

— Obrigada a todos, mais uma vez. Espero contar com a ajuda de vocês para transformar esta casa em um lar digno. Ah, e Jarvis, que horas o meu marido costuma chegar em casa normalmente?

— Às vezes, só na manhã do dia seguinte — responde engolindo em seco o criado.

— Obrigada pela honestidade, Jarvis.

Enquanto espera a refeição que pedira, Jane se dirige ao escritório de Grant e escreve uma carta para Arabella, comunicando sua volta.

Com o dinheiro que a amiga lhe enviara, ela pagaria os criados, pois era importante terem eles ao seu lado. Afinal, não sabia qual seria a reação de Desmond quando soubesse que ela estava em Londres, especificamente morando na casa deles.

Jane também escrevera uma carta para o Visconde de Rathbone, era importante ele saber de sua chegada, pois se o que Arabella descobriu fosse de fato verdade, Desmond estava proibido de fazer escândalos e ter o Visconde de aliado seria primordial.

Após jantarem uma refeição leve e se arrumarem para dormir. Jane ficou deitada em sua cama olhando para o teto, enquanto ao seu lado Thomas dormia. Ela ficava ensaiando em sua mente o que diria para o marido quando ele chegasse em casa. Dessa maneira, tentava imaginar quais as possíveis reações que ele poderia apresentar.

De repente, em meio aos seus devaneios, Jane ouviu um barulho alto vindo do corredor. Era ele, só podia ser.

Decidida, ela se levanta e veste o robe, pegando uma vela e se dirigindo ao quarto do marido.

Ela abre a porta do quarto dele e o encontra retirando as botas.

— Jennings, por que tanta demora? Tive que remover sozinho o meu calçado.

— Eu não sou o Jennings.

Desmond escuta uma voz feminina que lhe soa familiar e levanta a cabeça para ver quem é.

Ele não demonstra nenhum espanto ao vê-la. Apenas se recosta na cadeira e a olha com total indiferença.

— O que está fazendo aqui, Jane? Acho que deixei bem claro desde a última vez que nos vimos que não a queria mais em Londres.

— Verdade, querido esposo. Lembro-me bem de sua advertência, mas acontece que você perdeu no jogo a casa que eu morava com o nosso filho. Lembra-se disso? Ou estava tão bêbado para se importar com a nossa segurança? Acontece que apareceram alguns homens com a polícia solicitando que eu deixasse o local, pois a propriedade não era mais minha.

— Ah, que inconveniência!

— É somente isto que tem a me dizer? Em algum momento você se preocupou com a nossa segurança? Eu não fiz o que você me pediu? Deixei-o em paz por todos esses anos e é desta forma que você me retribui, perdendo no jogo o único lar que o seu filho conheceu?

— Por que não vai ficar com a sua família? Ao invés de estar aqui me importunando. Você ainda não entendeu que não tenho nenhum interesse por você?

— Eu não posso ir para a casa dos meus pais, Desmond. Eu sou uma mulher casada, infelizmente casada com você. Fui uma tola por acreditar em suas mentiras, por mim eu nunca mais veria a sua cara na minha frente de novo, mas não tenho para onde ir e você sabe muito bem disso.

— Estou cansado, darei um jeito nisso amanhã. Verei um lugar para você morar com a criança. Agora, me deixe em paz.

— Esta também é a minha casa, quem a comprou foi o meu pai. Eu tenho tanto direito ou mais do que você de estar aqui.

— Direito? Você é uma mulher, não tem direito a nada. Além disso, o seu pai estava mais do que feliz em se livrar de você e assim fazer parte da rede de influências do meu irmão. Então, você vai fazer o que eu quiser — declara Desmond, se levantando de onde estava sentado, indo até Jane e lhe segurando o braço com força.

— Isso é o que veremos... Eu não sou mais aquela garota ingênua e iludida que você se aproveitou. Eu ficarei aqui, onde é minha casa e de meu filho! — retruca Jane com raiva, encarando Desmond com a cabeça erguida.

Ele a traz para junto de seu corpo, aprisionando-a em seus braços.

— Bom, se é isso que você deseja, brincar de casinha, você pode também ocupar a minha cama, afinal, você é minha esposa, não é mesmo?

Com esta declaração, Desmond beija Jane contra a sua vontade que, enojada pelo ato, empurra-o com todas as suas forças, fazendo-o cambalear e quase cair no chão.

Ele começa a rir e Jane sai do quarto e se tranca em seus aposentos, enquanto o seu filho permanece dormindo.

Desmond parou imediatamente de rir, assim que ela saiu de seu quarto. Amanhã ele pensaria numa forma de se livrar dela e do garoto. Não adiantava nada se torturar com isso naquele momento.

No entanto, pensando melhor... Ela continuava muito bonita e seu corpo estava quente e macio, além dos lábios doces que ele ainda sentia o sabor em sua boca.

Talvez não fosse tão ruim ter a esposa por um tempo com ele. Assim, quem sabe a presença dela, acalmasse um pouco o seu irmão. E como a sua Baronesa andava meio irritada ultimamente, talvez o retorno de Jane causasse um certo ciúme nela.

Catherine, ou melhor, a sua Baronesa, podia ser bastante competitiva quando via que ele estava interessado em um novo rabo de saia e não dava muita atenção a ela.

Aposto que depois de ver a sua linda esposinha, ela voltará correndo para os seus braços.

CAPÍTULO 16

Jane

Na manhã seguinte a sua chegada, Jane se levantara cedo e solicitara ao criado que entregasse os bilhetes que escrevera no dia anterior, avisando sobre a sua chegada para Arabella e lorde Rathbone.

Desmond continuava dormindo. Então, ela decidiu se reunir com cada um dos criados e pagar os salários atrasados deles, depois pediu para fazerem compras para a casa. Ela iria tomar posse de seu lar, quer Desmond quisesse ou não.

Durante o almoço, enquanto comia com o seu filho na sala de jantar, eis que entra no aposento Desmond, de banho tomado e barbeado, tão bonito quanto no primeiro dia em que o conhecera.

Ela não havia reparado direito em sua aparência na noite passada, em meio à penumbra do quarto e o cheiro de álcool que ele exalava. Contudo, agora que estava sóbrio, ela conseguia ver por que fora tão fácil ter se atraído por ele naquela época.

— Bom dia! — exclama Desmond como se nada tivesse acontecido na noite anterior, sentando-se na mesa, pegando o jornal, enquanto o criado o servia.

Agora que estavam os dois no mesmo ambiente, Jane podia ver a semelhança de seu filho com ele, os mesmos cachos dourados, os olhos verdes, como grama recém-brotada, um verde claro e intenso.

Thomas não parava de olhar o homem que estava ao seu lado, seu pai, que sequer lhe dirigiu uma palavra e mal lançara um olhar em sua direção.

— Desmond, não vai cumprimentar o seu filho?

Com cara de tédio, ele abaixa o jornal que estava lendo e observa a criança.

— Olá, rapaz, qual o seu nome?

— Thooommas.

— Ele é gago?

— Não, ele não é gago, só está nervoso por finalmente conhecê-lo.

— E ele costuma sempre fazer as refeições com você? Ele não tem uma babá? Que eu saiba, as crianças pequenas não fazem as refeições com os adultos — diz Desmond, voltando a ler o seu jornal, enquanto comia de vez em quando.

Então, eles escutam uma batida na porta da frente e o criado volta com uma carta e a entrega para Jane.

— Como estamos populares! Mal voltou para Londres e já está recebendo bilhetinhos?

Jane calmamente lê a carta e depois responde:

— Tomei a liberdade de avisar o seu irmão da minha chegada. A carta é dele, nos convidando para jantar hoje à noite. Parece que ele irá receber o embaixador da Rússia em sua casa e deseja ter a família reunida.

— E você tem roupa para ir a um jantar elegante desses? Acho melhor você ficar em casa, não quero passar vergonha ao seu lado.

— Meu querido marido, tem certeza de que é de mim que você deve ter vergonha? Acho melhor você prestar mais atenção em si mesmo.

— É mesmo? Pois olhe para mim, e depois olhe para você nesses trapos velhos. Se não me engano, você usava esse vestido quando nos conhecemos. Se aparecer no jantar como uma mendiga, meu irmão não permitirá que você participe e isso não será culpa minha, estou lhe avisando.

— Eu vou ao jantar, Desmond. Quer você queira ou não.

— Muito bem, faça como quiser, depois não diga que não lhe avisei.

Ele se retira do local e pede ao criado que mande selar o seu cavalo. Hoje estava uma tarde perfeita para ele se encontrar com sua nova amante, Nancy. Contudo, ela já estava ficando muito apegada e isso era um problema, então, em breve terminaria o caso deles.

Assim que Desmond sai de casa, Arabella, que estava à espreita, bate à porta, sendo levada até a sala onde Jane a esperava.

Elas se abraçam por um longo tempo e Jane lhe conta tudo o que acontecera desde a sua chegada. O interlúdio com Desmond na noite passada e o convite para jantar do Visconde.

— Então, Bella. Não tenho nada adequado para vestir hoje à noite, não compro uma roupa nova desde antes de me casar. Eu ainda tenho alguns vestidos bons, mas estão fora de moda. Ele estava certo quando disse que posso ser expulsa da casa Rathbone se não estiver vestida condizente com o que o Visconde deseja mostrar ao embaixador.

— Não se preocupe com isso, Jane. Eu posso ajudá-la. Sou mais baixa do que você, mas acredito que Meg seja da sua altura. De qualquer forma, também posso pedir a Daisy que desmanche a barra de algum dos meus vestidos e o adapte para você. Venha, vamos até lá em casa e acharemos a roupa ideal para você usar esta noite.

— Obrigada, Bella. Não sei o que teria acontecido comigo e Thomas sem a sua ajuda.

— Não pense mais sobre isto, sei que se você estivesse no meu lugar também não teria desistido de mim.

♥

Desmond estava esperando a esposa descer para poderem ir até a casa do irmão. Ainda não estavam atrasados, mas sabia que Robert detestava quando ele chegava depois dos convidados de honra.

De repente, ele escuta passos vindo da escada e tem uma visão deslumbrante. Jane estava envolta em um vestido lilás com uma cauda e luvas brancas, o cabelo loiro preso de forma elegante.

O vestido tinha um decote profundo, deixando o seu colo exposto. Seus seios estavam presos no espartilho de tal forma que pareciam duas alvas pombinhas que se moviam juntas enquanto ela respirava profundamente.

Onde ela arranjara dinheiro para comprar aquele vestido? Será que ela tinha um amante?

Infelizmente, não tinha tempo para questioná-la, o irmão havia enviado sua carruagem para buscá-los e já estava à sua espera.

Dentro do veículo, Jane sentia o olhar intenso de Desmond sobre si. Ela sabia que estava linda como nunca estivera antes. Arabella e Meg se esmeraram na escolha do vestido. Ela queria algo mais simples, que não chamasse tanta atenção, mas as amigas insistiram naquela vestimenta.

Ao chegarem na casa de Rathbone, eles foram recebidos pelo mordomo, que os levou até o escritório do Visconde.

— Boa noite, Robert — cumprimenta Desmond ao entrar no escritório do irmão.

— Boa noite, vejo que seguiu o meu conselho e não está bêbado. E, você, milady, ouso dizer que a senhora parece uma flor recém-desabrochada, acredito não existir dama mais bela. Será este o motivo de meu irmão guardá-la por tanto tempo no campo? Sua própria flor, mantida em uma redoma somente para os seus olhos.

— Obrigada, milorde! O senhor é muito gentil — responde Jane fazendo uma pequena reverência.

— Me acompanhe, minha querida, até a sala? — questiona Rathbone, oferecendo a mão para Jane.

— Seria uma honra, milorde.

Eles saem juntos do escritório de braços dados, enquanto Desmond os segue logo atrás.

O embaixador chega para o jantar pouco tempo depois. Jane atrai olhares desejosos de alguns homens na sala, deixando Desmond incomodado.

Ela é graciosa e educada a noite inteira, conversando com todos animadamente, recebendo palavras de admiração do embaixador.

Após o término do jantar e da saída do ilustre convidado, Rathbone, satisfeito com o resultado, parabeniza o irmão pela bela esposa e o aconselha a deixar a amante. Afinal, como ele poderia dar maior importância a uma mulher lasciva e de má índole, se ele tinha ao seu lado uma companhia muito superior?

Ao chegarem em casa, Desmond encheu um copo de conhaque e bebeu tudo em um único gole.

— Bom, acho que correu tudo bem no jantar. Estou cansada, vou me retirar, com licença — despede-se Jane.

— Espere, quero vê-la em meu quarto.

— É mesmo? E por que você acha que eu faria isso?

— Porque você é minha esposa e tem deveres a cumprir com o seu marido.

— Agora você me reconhece como sua esposa? Depois de anos sem ter sequer uma visita sua? Nem mesmo quando tive o meu filho sozinha. De repente, do nada, você se lembrou de mim? Ou sou sua esposa somente quando você precisa satisfazer os seus desejos?

Desmond se aproxima dela e a envolve em seus braços, trazendo para perto.

— Você é a minha mulher e vai cumprir o seu dever.

— Eu jamais me deitarei com você novamente. Tudo o que sinto por você é asco. O amor que um dia eu tive você matou depois de todos esses anos de indiferença. Ah, e se você pensa que eu não sei de suas amantes, está muito enganado. Sei sobre todas elas, a Baronesa, Nancy e as meretrizes.

— Eu sou homem, eu posso fazer o que quiser, inclusive ter amantes, isso é esperado de mim.

— Então, vá se deitar com elas e me solte, pois você até pode me forçar a me deitar contigo, mas jamais lhe entregarei a minha alma outra vez.

Ele a solta. Ela sobe as escadas calmamente e se tranca em seu quarto.

Lá dentro estava a camareira, que a acompanhou por toda a sua vida e que a ajudava a cuidar de seu filho. Então, no aconchego de seus braços, Jane chora, entregando a ela os seus medos e tristezas e recebendo em troca o conforto e o acolhimento de que tanto precisava depois desses dois dias de intensa luta.

Enquanto isso, na sala, Desmond se entrega à bebida, pois ao contrário de alguns homens, ele gostava de uma mulher receptiva e não de um cadáver morto ou uma esposa frígida.

CAPÍTULO 17

Philip

Philip e Beaumont chegaram ao clube de esgrima animados, pois Stanton havia contado ao amigo sobre sua intenção de pedir a mão de Arabella em casamento no próximo final de semana, quando partiriam para a casa de campo da família Sunderland.

Beaumont ficou em êxtase com a notícia, porque ganharia o seu melhor amigo como cunhado. Então, além do laço da amizade que compartilhavam, eles seriam parentes, pertenceriam à família um do outro.

Assim, eles adentram o local e verificam que devido ao bom tempo, o treino estava sendo realizado no pátio externo. Havia vários outros homens em disputas, usando uniformes e máscaras de proteção. Desta forma, não reconheceram ninguém imediatamente, pois suas faces estavam ocultas. Então, acharam melhor começarem a duelar entre si.

Algum tempo depois, um grupo dá uma pausa no treinamento e começam uma conversa animada. Enquanto isso, Philip e Beaumont permanecem praticando suas habilidades.

— Nos diga, Grant. Como está a vida de casado? Soube que a sua esposa está de volta a Londres — questiona Lorde Crampton.

— Melhor do que eu imaginava. Meu irmão a adora! Desse modo, ele não fica tão exasperado com as minhas "diversões", se é que os senhores me entendem.

— E como consegue acalmar a sua esposa? Sei que você tem várias amantes, como faz para ela o deixar em paz? — pergunta lorde Seymour, seguido dos risos de outros cavalheiros.

— Ora, ora, meu caro amigo, Lady Nancy anda mal-humorada? Talvez você não a esteja satisfazendo na cama, quem sabe Grant possa lhe dar algumas dicas — aconselha Crampton.

Enquanto isso, Beaumont e Philip param de treinar e se dirigem até a mesa onde estava a água, ficando próximos do grupo.

Desmond, notando a presença do Duque, se lembra de que se não fosse pela interferência dele no torneio de tiro a favor de Arabella, ele teria vencido a competição. Então, ele decide irritar um pouco o nobre.

— Seymour, pode me perguntar qualquer coisa, dar prazer a uma mulher é a minha especialidade. Veja, por exemplo, Lady Arabella, que tentou de todas as formas enganar a mim e a minha esposa para tentar se casar comigo. E agora, depois de anos desse escândalo, ela volta à sociedade e não consegue me deixar em paz. Ainda apaixonada a pobrezinha.

Beaumont, que escuta o comentário de Grant, pede para Philip ficar calmo e não dar importância ao que ele diz.

No entanto, Desmond continua:

— Estou pensando que talvez eu devesse acalmá-la um pouco, quem sabe tornando-a minha amante. Sendo praticamente uma solteirona, não a vejo conseguindo nenhum pretendente adequado, a menos que o Conde aumente em muito o dote dela.

— Pois eu ouvi uma história bem diferente dessa sua, Grant. Uma muito menos fantasiosa — exclama Philip.

Todos os olhares se direcionaram para o Duque, o que fez Desmond sorrir, pois sua intenção era justamente deixar Stanton desconcertado.

— Sério, Vossa Graça? E que mentiras são estas?

— Mentiras? Pois para mim são a mais pura verdade. Afinal, você se gabava de ser o melhor atirador de Londres, não é mesmo? Mas perdeu facilmente para uma mulher. Além disso, a dama que o senhor está difamando agora é a mesma que o rejeitou há três anos, visto que ela sabia que tudo o que você desejava era o seu dote para pagar as dívidas de jogo e que depois de casados a abandonaria no campo, como fez com sua esposa. E, assim, continuar usufruindo de uma vida de libertinagem.

— Nossa, quanta bobagem que essa senhorita lhe falou! Acho que o tolo Duque está apaixonado e acreditaria em tudo o que a referida Lady lhe contasse. Não é mesmo, meus caros amigos?

Devido ao silêncio das outras pessoas presentes, Desmond prossegue:

— Vossa Graça não deveria ter ficado tanto tempo longe da sociedade depois da morte de seu irmão. Soube que ele estava louco quando tirou a própria vida. Cuidado, talvez a loucura esteja passando para o senhor também!

Philip, indignado, agarra Desmond e o empurra contra a parede, mantendo-o preso com um braço pressionando o seu pescoço.

— Nunca mais fale de meu irmão e nem da minha futura esposa, seu patife. Senão, eu acabo com você e vou garantir que Rathbone não o salve disso — alerta Stanton, soltando Desmond em seguida.

Grant, enfurecido pelo quase enforcamento, empunha a sua espada e a aponta para Stanton, que estava de costas para ele. Com um aviso de Beaumont, ele se vira e ampara o golpe com sua arma.

Os dois começam a duelar sem levar em conta as regras da esgrima, com

Desmond atacando e Philip se defendendo. Durante o embate, o Duque escorrega a sua lâmina até chegar ao punho da espada de Grant, empurrando-o com força, o que faz o seu oponente se desequilibrar e cair no chão.

Em seguida, Stanton pisa no punho de Desmond, que grita de dor e solta a espada. O Duque, então, chuta a arma para o lado.

Estando com o seu adversário caído no chão e pensando ter encerrado o confronto, Philip começa a caminhar para a saída, acompanhado por Beaumont.

Desmond, enlouquecido pela vergonha da derrota, recupera sua espada e parte atrás dos dois, que, ouvindo o urro de raiva do oponente, amparam o golpe juntos, formando um X e desarmando o inimigo que logo em seguida leva um soco em seu nariz, desferido por Philip.

Vendo que a luta poderia não ter fim, até um deles morrer, os amigos de Desmond o seguram, enquanto Beaumont e Philip se retiram do local.

Grant, com o orgulho ferido e limpando com a manga de seu uniforme o nariz que sangrava, promete a si mesmo vingança contra o Duque e Arabella, as duas pessoas responsáveis por transformarem a sua vida em um inferno desde que chegaram.

Eles iriam pagar por toda a humilhação que o fizeram passar.

CAPÍTULO 18

Arabella

A pós cinco horas de viagem até Derbyshire, condado onde ficava a casa de campo dos Sunderland, Arabella e sua família estavam exaustos. Eles chegaram dois dias antes para prepararem a casa para receberem os convidados de forma adequada, ou seja, arrumando os quartos, orientando os criados, organizando as atividades de entretenimento que teriam durante a semana e, o mais importante, o baile.

A sua mãe estava em polvorosa com tanto trabalho, já o seu pai estava empolgado em mostrar as habilidades do Sr. Baker nas caçadas, depois do desempenho de Arabella no torneio de tiro.

Todos os cavalheiros desejavam avidamente passar a semana na casa deles. Entretanto, sua mãe tinha um único objetivo, criar o ambiente perfeito para que o Duque de Stanton finalmente pedisse a mão de sua filha em casamento.

Após o evento em *Vauxhall*, ficara óbvio o interesse do Duque por Arabella, o que gerara uma rede de comentários pela sociedade de que ele estaria lhe fazendo a corte. Assim, todos queriam estar presentes quando o pedido fosse oficializado.

Arabella, no entanto, sentia-se insegura, pois nunca havia conversado com o Philip sobre isso e não tinha certeza se ele realmente lhe desejava fazer o pedido, apesar da intimidade que haviam trocado.

Contudo, após ter cumprido a promessa que fizera a si mesma de ajudar

Jane, agora poderia pensar em sua própria vida. Ela tinha que admitir para si mesma que estava apaixonada por Philip, um sentimento que a consumia dia e noite. Afinal, dormia, sonhava e acordava pensando nele, sentindo seus beijos e mãos por todo o seu corpo, eram muitas as lembranças dos momentos compartilhados.

No dia seguinte à sua chegada, Arabella decidira visitar a Sra. Gilbert e lhe contar todas as aventuras que vivera em Londres.

— Fico feliz em saber que você conseguiu ajudar a sua amiga, Bella. Como ela está depois de ter enfrentado o marido?

— Antes de partir, me encontrei com Jane em uma confeitaria em Londres, ela me pareceu... Forte! Acho que é esta a palavra que melhor a descreve, ela me disse que não sente mais medo dele. Acredito que ela esteja satisfeita com as decisões que vem tomando.

— Que bom, não é fácil mudarmos as nossas atitudes, principalmente quando elas vão contra a tudo o que aprendemos ser o certo. Nós mulheres somos treinadas a suportar, sem questionamento, decisões que são tomadas em nosso nome, mesmo que essas determinações nos deixem extremamente infelizes. E, assim, somos manipuladas a aceitar essa condição, com a desculpa de dever ou amor.

— Verdade, a senhora abriu a minha mente para isso, as nossas conversas e os textos que me deu para ler foram muito esclarecedores. Não sei como lhe agradecer por todo o conhecimento que compartilhou comigo.

— Foi um prazer, *ma chérie*. Poder conversar e dividir o pouco que sei e a minha experiência de vida, é um grande privilégio.

— Ah, antes que me esqueça, trouxe um presente para a senhora de Londres — anuncia Arabella entregando um embrulho para a amiga.

A Sra. Gilbert desembrulha o presente e encontra um livro com capa preta de couro e letras douradas impressas nele.

— Reivindicação dos Direitos da Mulher, por Mary Wollstonecraft. Você o encontrou! Que lindo presente, *ma chérie amie. Merci beaucoup*!

— Bom, foi necessário encomendá-lo na livraria, pois eles não o tinham em pronta entrega. Comprei dois exemplares, um para a senhora e outro para mim. Depois de o lermos, pensei que podíamos conversar sobre o livro, sei que a senhora já conhecia alguns manifestos desta escritora, que o seu marido lhe trazia da capital, mas depois que a senhora me falou que ela havia escrito um livro... Enfim, fiquei curiosa para ler a obra dela.

— Seria perfeito! Podemos trocar ideias e impressões sobre a nossa leitura, quando terminar de ler o seu volume, venha me ver e conversaremos com uma boa xícara de chá, acompanhada de bolos e biscoitos.

— Combinado! Sei que teremos uma tarde bastante agradável. Infelizmente, preciso voltar para casa, minha mãe deve estar em polvorosa a minha procura. Com tantos nobres para chegarem amanhã, ela quer deixar tudo perfeito para recebê-los.

— *Au revoir, ma chérie* — despede-se a Sra. Gilbert, dando dois beijos na face de sua amiga, que em seguida parte montada em seu cavalo.

♥

O sábado começara agitado na casa Sunderland pela chegada dos convidados. Com o Duque de Stanton e o Marquês de Beaumont presentes, desde antes do almoço, Lady Sunderland propusera um passeio pelo jardim, enquanto a refeição não ficava pronta. Desta forma, eles poderiam esticar as pernas depois da longa viagem.

Além disso, era uma ótima oportunidade de Arabella passar um tempo com o Duque, sem toda a agitação que era esperada à noite, pois neste mesmo dia, seria realizado o baile de abertura dos eventos da semana.

Enquanto caminhavam pelos jardins, sua mãe estava ansiosa para mostrar aos convidados a sua nova criação. Um jardim formado somente de flores brancas, a ideia era criar uma atmosfera de pureza e paz. Desta maneira, o espaço era composto pelas mais variadas espécies, como rosas e margaridas, havia flores pendentes de *"sempre-lustrosas"* vindas da França, tulipas da Holanda e lírios, muitos lírios. Era um festival de perfumes variados, que não só inebriavam o olhar, mas também o olfato.

Durante o passeio, Arabella caminhava ao lado de Philip. Eles conversaram algumas amenidades, entretanto passaram a maior parte do tempo em silêncio, ouvindo sua mãe contar as histórias de como foi concebida a ideia do jardim e a origem das flores.

Não era um silêncio constrangedor, muito pelo contrário, era calmo e familiar.

Às vezes, ela notava que ele a observava furtivamente, como ela também o fazia, pois não conseguia deixar de procurar os olhos dele, que naquele dia estavam da mesma cor do céu, um azul-claro, límpido e sem nuvens.

Ao se aproximarem de uma fonte, que era ornamentada com a estátua da Deusa Afrodite em pé sobre uma concha, uma cópia da famosa pintura de *Boticelli*. Philip para de repente e Arabella percebe que algo o incomodava, pois ele estava cerrando as mãos com força, ela só não entendia o motivo de ele ter ficado tão tenso do nada.

— Philip, você está bem? — pergunta Arabella sussurrando e tocando levemente no braço dele.

— Eu não posso seguir por este caminho — responde ele com a voz rouca e de olhos fechados.

Com esse comentário, Arabella compreende que ele não poderia continuar o passeio. Então, ela decide dar um grito alto e estridente de dor e tendo como apoio o braço de Philip, com apenas um pé tocando o chão, finge ter torcido o tornozelo.

O grito dela o faz despertar do transe em que estava preso. Os convidados param de caminhar e se voltam para eles, curiosos e preocupados com o barulho.

— O que houve minha filha, você está machucada? — pergunta a mãe de Arabella.

— Sim, acho que torci o meu tornozelo, ou foi só um mal jeito, não sei, mas está doendo muito.

— Que infortúnio, minha querida! Desse jeito, você não poderá dançar no baile desta noite — afirma Lady Frampton com certa felicidade, pois também tinha uma filha solteira.

— Acho melhor eu voltar para casa e repousar, mamãe.

— Vossa Graça, o senhor faria a gentileza de acompanhar minha filha de volta a mansão?

— É claro, Lady Sunderland! A senhorita consegue andar, ou prefere que a carregue no colo?

Arabella, vendo a expressão séria no rosto dele, nota que Philip não deve ter percebido a pequena mentira que ela inventara.

— Não é necessário me carregar, Vossa Graça. Acredito que me apoiando no senhor eu consigo voltar andando devagar para casa, sem fazer tanta pressão no pé — comenta segurando o riso.

Assim, Arabella e Philip voltam pelo caminho que haviam passado, com ela mancando, apoiada no braço dele. Quando estavam suficientemente afastados do grupo, sem poderem ser vistos, ela larga o apoio do Duque e passa a caminhar normalmente.

— O que... Você não torceu o tornozelo? — questiona Philip sem entender direito a situação.

— Bom, você falou que não poderia continuar com o passeio, então achei melhor inventar uma desculpa para podermos nos separar do grupo.

— Ah, você notou — declara Philip baixinho, indo se sentar em um banco próximo.

Ele apoia os braços em suas pernas e passa as mãos em seus cabelos, nervoso, com um olhar perdido, como se estivesse lembrando de algo triste.

— Você quer conversar sobre isso?

Após um longo silêncio ele comenta:

— Eu não posso sentir o cheiro de jasmim.

— Por quê? Se me permite a pergunta.

— Você sabe o que aconteceu com o meu irmão? — pergunta Philip, após uma longa pausa.

— Sim, minha mãe me contou. Sinto muito!

— Então... Na noite em que Edward tirou a própria vida, eu encontrei o corpo dele enforcado em uma árvore próximo ao lago que era cercado por flores de jasmim. Depois daquele dia, mandei o jardineiro remover todas essas plantas da propriedade, o perfume delas ainda me faz lembrar da morte de meu irmão.

— Lamento por tudo que você passou. Posso fazer algo mais para ajudá-lo? — pergunta Arabella, segurando as mãos de Philip com a lateral de seu corpo encostado ao dele.

— Tê-la ao meu lado é mais do que suficiente, mas devo confessar que foi um grito e tanto aquele que você deu a pouco, me trouxe de volta para a realidade. Obrigado!

— De nada — responde Arabella sorrindo.

De mãos dadas e olhando um para o outro, embaixo de uma treliça ornamentada com flores brancas de "sempre-lustrosas", Philip beija Arabella. Um beijo lento e suave, sentindo cada toque sedoso dos lábios dela de encontro ao seus, para então abri-los e se deliciar com cada gemido que ela exalava. Gemidos estes que eram guardados, consumidos por sua boca.

Infelizmente, o encanto tivera de ser quebrado, pois ele havia escutado o som de vozes se aproximando.

Então, Philip, parando de beijá-la, segura a face de Arabella entre suas mãos, para eles se recomporem e conseguirem respirar normalmente.

— Precisamos sair daqui, meu amor.

Ele se levanta e oferece a mão para Arabella se erguer também.

— Então, vamos. O que acha de uma corrida? — pergunta ela, sorrindo com malícia e partindo em disparada.

Com uma gargalhada, Philip a segue, correndo logo atrás.

CAPÍTULO 19

Arabella

rabella estava deitada em sua cama, lendo um livro, afinal, ela precisava fingir repousar para que o seu pé melhorasse da suposta "torção". quando entra sua irmã mais nova no quarto, sem bater, totalmente indignada.

— Bella, você precisa falar com a mamãe, ela não quer me deixar participar do baile. Isso é tão injusto! Eu já tenho quinze anos. Pelo menos aqui, no campo, eu deveria poder fazer parte dessa atividade — diz Emma, deitando-se na cama da irmã.

— Não vejo nenhum problema em você participar do baile, peça para a mamãe vir me ver que falarei com ela.

— Obrigada! Você é a melhor irmã de todas! Ah, e que pena que você torceu o tornozelo, acha que estará melhor até a noite?

— Acredito que sim, já nem está mais doendo.

— Que bom, será que o Duque irá convidá-la para dançar?

— Bom, se ele não me convidar, talvez eu mesma o convide.

— Sério! Seria um escândalo, adoraria ver esta cena.

— Então, terei que convencer a mamãe para você não perder nada dos eventos de hoje à noite — declara Arabella beijando a irmã na face.

— Combinado, vou pedi-la para vir conversar com você. E que livro é este que você está lendo? — questiona Emma, pegando o livro que Arabella havia deixado de lado e lendo o título — Reivindicação dos Direitos da Mulher, por Mary Wollstonecraft. Não entendi, que tipo de direitos as mulheres têm para reivindicar?

— No livro, a escritora declara que as mulheres têm o direito a se emanciparem por meio da educação e da participação na vida pública, como na política.

— Não faz sentido, porque nós somos educadas.

— Emma, nós somos ensinadas a nos casarmos e sermos sustentadas pelo marido. Nós aprendemos que a beleza é o nosso principal atrativo e a nossa melhor virtude é sermos a guardiã do lar. No entanto, isso é uma mentira, porque não temos autonomia de nada, pois sempre ficamos à mercê da autoridade do homem, seja ela do nosso pai ou do nosso marido. Dessa forma, somos reprimidas e submetidas a aceitarmos esse estilo de vida.

— Interessante, nunca pensei sobre isto antes, depois que você terminar de ler o livro poderia me emprestar?

— Na verdade, eu já o li duas vezes. Pode pegar e depois podemos conversar sobre ele. O que acha?

— Eu gostaria muito, Bella.

♥

Philip estava próximo à escadaria esperando Arabella descer para o baile. Havia vários convidados presentes passeando pelo salão, uns saboreavam as comidas que estavam dispostas em uma grande mesa e outros as bebidas que eram servidas pelos criados.

De repente, algumas pessoas pararam o que estavam fazendo e olharam para cima, em direção à escadaria. Foi então que ele também se virou e teve o vislumbre de uma deslumbrante mulher. Ela usava um vestido azul-claro, da cor do céu de um dia ensolarado sem nuvens. Os seus cabelos negros estavam presos e os lábios vermelhos eram um convite para beijos demorados que poderiam fazer um homem se perder no tempo.

Enquanto ela descia, seus olhos eram direcionados somente para ele. Cada passo era uma eternidade, que só poderia ser suspensa pela chegada de sua amada. Então, quando Arabella estendeu sua mão, um beijo em seu dorso não era suficiente para aplacar o seu desejo. Ah, Senhor! Como ele queria ser aquela luva e poder estar envolta de toda aquela pele macia.

— Boa noite, Lady Arabella! A senhorita me daria a honra de me acompanhar nesta dança?

— Boa noite, Vossa Graça! Sim, eu adoraria.

Eles se dirigiram ao meio do salão com vários convidados ao seu redor aguardando o início da música. No entanto, era como se a pista de dança fosse somente deles, iluminada e florida para aquele encontro.

Os músicos se preparam e a tradicional dança de abertura do baile começou a tocar, uma contradança de *Henry Purcell - Hornpipe from Abdelazer's Suite*. Assim, eles giram e rodopiam pelo salão, com o vestido azul de Arabella esvoaçando ao seu redor, enquanto as faces dela ficavam rosadas pelo calor dos movimentos e os lábios carmim se abriam em um sorriso exuberante dedicado somente a ele.

E, assim, o baile passou entre danças, sorrisos e olhares que se procuravam não importava onde estivessem, ou com quem conversassem, a noite era deles e somente deles. Havia algo místico no ar, uma magia que tornava tudo mais luminoso e vivo, algo que ele não sabia explicar. Quando finalmente algumas pessoas começaram a se recolher e o amanhecer não tardava a chegar, a festa começara a se extinguir. No entanto, ele sentia como se algo ainda permanecesse em espera.

— Philip, você poderia me encontrar no jardim, no local onde nos beijamos, daqui a uns vinte minutos? — indaga Arabella, sussurrando para ele, enquanto se despediam de algumas pessoas que se encaminhavam para se deitar.

— Com toda certeza que sim!

— Combinado, avisarei aos meus pais que estou cansada e que irei dormir, vejo você daqui a pouco.

Arabella se despede de seus pais e parte para o seu quarto, enquanto isso Philip também avisa que vai se recolher e discretamente se encaminha para o jardim, que felizmente estava bastante claro, pois era noite de lua cheia. Não muito tempo depois, ela aparece com os cabelos soltos, sem luvas e carregando o que parecia ser dois cobertores.

— O que você está aprontando? — pergunta Philip, curioso e bastante animado.

— Você verá, vou levá-lo a um dos meus lugares favoritos aqui na propriedade, não fica muito longe.

Durante a caminhada, Philip pega os cobertores que Arabella carregava. Em seguida, entrelaça a sua mão à dela, enquanto caminham sob a luz do luar.

Eles chegam em pouco tempo a um lago em que se podia ver a lua refletida em suas águas. Então, embaixo de uma frondosa árvore, Arabella estende um cobertor no chão, sentando-se nele logo em seguida e fazendo sinal para que Philip também se sente ao seu lado.

Contudo, ele decide sentar-se por trás dela e abraçá-la, enquanto encostava as suas costas no tronco da árvore.

— Por que estamos aqui, minha querida?

— Os anos que passei morando no campo, nos dias de lua cheia, eu costumava vir aqui sozinha e ficava contemplando a lua e as estrelas até o sol nascer. Engraçado que sempre imaginava as estrelas como damas de companhia da lua, emprestando a sua luz para deixá-la ainda mais bela. Esses momentos me faziam feliz, então pensei em compartilhar com você. É muito estranho?

— Talvez um pouco — ele responde brincando.

Eles ficam abraçados em silêncio por um tempo contemplando o céu. Até que Philip finalmente diz o que estava guardado em seu coração.

— Agora que estamos sozinhos e não corremos o risco de sermos interrompidos, gostaria de lhe fazer uma pergunta importante. Acredito que você deve ter percebido o interesse bastante óbvio que tenho pela senhorita.

Arabella ruborizando responde que sim, acenando com a cabeça.

— Bella, estou completamente apaixonado por você, desde o momento em que a revi, você atravessou a minha alma como uma avalanche que não pode ser impedida. Estou preso a você e desejo jamais me soltar, pois você já faz parte de quem sou. Assim, minha amada, me diga, por favor, que aceita se casar comigo.

— Ah, Philip! Eu o amo tanto, que é difícil dizer em palavras a enormidade desse sentimento.

— Então, não diga com palavras, me beije e saberei o quanto me desejas como seu esposo.

Arabella assim o faz. Ela o beija como quem passava fome há anos e só agora conseguiu o alimento que a manteria viva. Passado um tempo, entre vigorosas e envolventes carícias, ela se afasta e diz:

— Philip, antes que prossigamos com os nossos votos, preciso lhe contar algo importante. Talvez isso o faça me rejeitar, mas não podemos seguir em frente sem você saber toda a verdade sobre mim.

— Não há nada que você me diga que mudará minha decisão de amá-la para sempre.

Vendo nos olhos dele todo o amor que ele sentia e demonstrava por ela, Arabella cria coragem e confessa para ele o que vinha escondendo por tanto tempo.

— Você já leu os manifestos que são espalhados por toda a Londres sobre os direitos da mulher?

— Sim, já li alguns deles.

— Então, sou eu quem os escreve e paga pela impressão, além da distribuição pela cidade. Pedi ao meu pai que me desse o meu dote para usar do jeito que eu quisesse. Ele o fez com muita relutância, mas o convenci que se um homem se casasse comigo apenas pela minha fortuna, eu não conseguiria ser feliz. Assim, não disponibilizo um dote e talvez seja um pouco revolucionária. Espero um dia poder mudar a mentalidade de homens e mulheres sobre a forma como somos tratadas.

— Bom, não esperaria nada menos de minha futura Duquesa. O que adianta tanto poder se não fazemos nada para melhorar o mundo? Além disso, sou bastante rico, então não preciso do seu dote. Em relação aos manifestos, confesso que já suspeitava que fossem escritos pela senhorita.

— Como é possível? Nunca conversei com ninguém sobre isso e eu não os assino com o meu nome.

— As minhas suspeitas começaram depois que assistimos à peça "A Megera Domada", você falou algumas coisas na carruagem, que eram muito semelhantes ao texto do manifesto que foi publicado logo depois disso.

— Ah, meu Deus! E você promete que isso não vai ser um empecilho para nós?

— Não, meu amor, não será! Também não acho correta a forma como as mulheres são tratadas. Assim, se Deus nos agraciar com filhas, espero que elas cresçam em uma sociedade bem melhor do que a que vivemos.

Com esta declaração, Arabella se joga nos braços de Philip e o beija intensamente, sendo correspondida com ele a abraçando forte e a trazendo para mais perto o possível de seu corpo.

— Então, isso é um sim? Você aceita ser minha esposa?

— Sim, isso definitivamente é um sim. Eu aceito você como esposo e companheiro por toda a minha vida!

Desta forma, tendo a lua como testemunha, eles selam o seu amor com um beijo, trazendo com ele os primeiros sinais do amanhecer, com o laranja do sol se mesclando à escuridão da noite, um gradiente de cores quentes e frias no céu.

Conectados por suas bocas que só se distanciavam quando Philip percorria o pescoço de Arabella com seus beijos, ele começa a abaixar o seu vestido e a desamarrar o espartilho que o impedia de chegar aos alvos seios, que suspiravam ansiosos por sua atenção. Depois de finalmente libertos, Philip os beija, suga, mordisca um de cada vez, enquanto sua mão acaricia e incita o outro.

Tirando com cuidado Arabella de seu colo, ele a deita no cobertor que havia estendido no chão e admira a beleza selvagem a sua frente, ele a liberta de suas roupas, removendo em seguida as suas próprias vestimentas.

Ambos ausentes de qualquer barreira que pudesse impedir o contato de suas peles, Philip mapeia o corpo de sua amada, beijando-o e explorando com sua boca e mãos, demorando-se em seu seio macio e perfumado e descendo até chegar no centro do ser de cada mulher. Aquele lugar oculto onde o prazer habitava.

Então, ele delicadamente vai abrindo com os seus dedos e massageando a passagem até o âmago de seu sexo. Em seguida, ele penetra devagar um e depois dois dedos dentro dela, entrando e saindo. Enquanto com sua língua pincelava e lambia o topo do prazer, fazendo-a arquejar em busca de ar pelas sensações inesperadas que lhe infligia.

Ela se contorcia e lhe agarrava os cabelos, ofegante, desesperada pelo êxtase que estava por vir, mas antes que finalmente chegasse ao clímax, ele interrompeu a carícia que a envolvia e percorreu lentamente todo o caminho de volta até os seus lábios e a prendeu em um beijo longo e ardente, enquanto roçava o seu membro intumescido e latejante na intimidade dela.

Antes de seguir adiante, Philip, em um momento de consciência, avisa:

— Meu amor, agora, irei penetrar em você o meu sexo, pode doer um pouco no início, quero que me avise para parar caso você não consiga aguentar a invasão.

— Philip, eu anseio senti-lo dentro de mim, pois desejo acima de tudo estar ligada a você.

Com esse consentimento, ele, devagar, apesar da urgência que sentia em se satisfazer, começa a penetrá-la lentamente. Cada segundo era uma tortura que precisava suportar até finalmente estar completamente dentro dela.

— Você está bem? — pergunta ele ofegante, depois de ter enfiado tudo, enquanto ela apertava involuntariamente o seu membro, deixando-o louco de prazer.

— Sim, por favor, não pare — responde Arabella o beijando, desesperada por algo que ela ainda não sabia o que era, mas que o seu corpo desejava intensamente.

Dessa forma, ele começou a sair e a entrar novamente dentro dela, em um vai e vem lento, sentindo como ela reagia às suas investidas. Percebendo que ela as aceitava sem barreiras ou dor, ele levanta as pernas dela, aprofundando ainda mais sua conexão.

Arabella, sentindo-se totalmente preenchida por ele, geme tão alto e intensamente em resposta, ao que ele aumenta as estocadas, entrando e saindo rápido e fortes, repetidas vezes.

Uma sensação exacerbada começou a envolvê-los tão forte e pungente que eles se sentiram morrer ou desvanecerem junto com a lua, que dava o seu lugar ao sol e com os seus raios os acariciava.

Eles se entregaram a essa luz, louvando a ambos com um grito de prazer.

Inebriados pelo êxtase que compartilharam, eles ficaram abraçados enquanto contemplavam o amanhecer de um novo dia, para uma nova vida que seguiriam juntos a partir daquele momento.

CAPÍTULO 20

Arabella

*P*hilip, acho melhor nós voltarmos para casa, antes que algum convidado nos veja. Não podemos ser encontrados neste estado, sem nenhuma roupa e à beira da lagoa — comenta Arabella.

— Bom, pelo menos vamos nos vestir. Não que eu me importe muito com um escândalo. Talvez isso faria você ser minha esposa ainda mais rápido. Eu poderia conseguir uma licença especial para nos casarmos ainda este mês — comenta ele, envolvendo-a em seus braços e lhe ofertando um beijo.

— A ideia é tentadora, mas não quero tirar a atenção do casamento de Meg. Ela merece se casar com toda a pompa. Afinal, ela já teve que esperar esta temporada para me fazer companhia, não gostaria que tivesse de adiar o seu casamento novamente, ou mesmo compartilhá-lo comigo.

— Tudo bem, se você acredita que é o melhor a fazer, vamos voltar.

Eles se levantam e Arabella se enrola no cobertor, enquanto Philip, nu, permanece parado bem na sua frente. Ela o observa em todo o seu esplendor, principalmente a sua intimidade, que até pouco tempo atrás estava dentro dela.

Se ela o visse antes, talvez não tivesse coragem de deixá-lo introduzir dentro dela aquele membro enorme, que estava ficando cada vez maior conforme ela o observava. Além disso, ele era fascinante. O negócio se mexia sozinho, se erguendo, será que tinha vida própria?

— Não me olhe assim, meu amor. Senão, não poderemos partir agora e terei que possui-la mais uma vez antes de irmos.

— Bom, é que ontem à noite não prestei muita atenção a esta parte do seu corpo, é tão diferente. Posso tocá-lo?

Philip se encosta na árvore e responde que sim com a cabeça. Então, ela passa delicadamente o seu dedo indicador na glande, na base de seu membro ereto, enquanto ele geme alto em resposta. Com medo de tê-lo machucado, Arabella rapidamente retira a mão.

— Por favor, não pare. Você pode usar toda a sua mão para massageá-lo — comenta Philip desesperado pelo toque dela.

— Como assim?

— Desta forma...

Philip segura a mão de Arabella e a envolve em seu pênis, com sua mão por cima da dela. Depois, ele a ensina a fazer um movimento de subir e descer por todo o comprimento de seu membro. Após ela ter aprendido, ele retira sua mão e passa a acariciar os seus seios. Em seguida, ele agarra os cabelos dela e a traz para mais perto de seu corpo, beijando-a com voracidade, enquanto ela continua a massageá-lo.

Ele solta os cabelos dela e desliza sua mão por todo seu corpo, chegando até as nádegas, apertando e a trazendo para mais próximo de si. Ele a vira de costas e a encosta no tronco da árvore, passando em seguida, a massagear a entrada de seu sexo, enfiando um dedo e depois dois em seu centro.

Arabella geme em resposta e para de beijá-lo para poder respirar. Então, ela começa a mover o quadril, se esfregando em sua mão.

Ele a pega no colo, entrelaçando suas pernas em seu quadril. Em seguida, ele arremete com força para dentro dela, enquanto percorre com beijos o seu pescoço. Então, ele morde o seu lábio inferior e enfia a língua em sua boca, investindo o seu membro com força, profundamente e repetidas vezes dentro dela, aumentando a velocidade, desesperado pelo arrebatamento.

Ela grita em resposta quando chega ao clímax. Ele em seguida a acompanha, em um prazer tão intenso e prolongado, provocado pelos espasmos que o sexo dela rescendia.

Ambos se olham com adoração enquanto respiram pesadamente. Então, depois de um pouco mais calmos, ele abaixa devagar as pernas dela e retira o seu membro suavemente, desfrutando a jornada.

Após se beijarem, Philip pega as roupas de Arabella e as entrega para ela. Depois começa a se vestir. Em seguida, ele a ajuda a fechar o espartilho e os botões que prendiam o vestido nas costas. Então, eles partem de mãos dadas de volta à mansão.

Enquanto caminhavam próximos a uma sebe que dividia os diferentes jardins, eles escutam uma voz familiar que os deixa arrepiados e em alerta ao mesmo tempo.

— Ora, ora, se não é o meu dia de sorte. Estava aqui pensando em como iria fazer para encontrá-los sozinhos. E eis que a providência divina os traz para mim — diz Desmond Grant apontando uma arma para eles com uma mão, enquanto segurava uma garrafa de vinho com a outra.

— Desmond, o que faz aqui? — questiona Arabella, enquanto Philip tenta protegê-la colocando-se em sua frente.

— O que estou fazendo aqui? Não seja dissimulada, desde que vocês dois voltaram para sociedade tudo o que fizeram foi acabar com a minha vida. Não tenho mais dinheiro, reputação e nem a minha liberdade. Até a minha Baronesa vem me ignorando. E você ainda tem o atrevimento de me perguntar o motivo de eu estar aqui? — responde com ódio no olhar, tomando um grande gole de vinho até esvaziar a garrafa, jogando-a em seguida para longe, sem deixar de apontar a arma para eles.

— Não temos nada a ver com os seus infortúnios, eles são resultados de suas próprias ações — declara Philip.

Desmond ri com escárnio.

— Minha vida estava muito bem antes de vocês chegarem, mas, do nada, tudo mudou. Eu sei que vocês são os culpados, principalmente ela, essa vadia! — grita Desmond apontando a arma para Arabella.

— Não fale assim com ela! Solte essa arma e vá embora, Grant. Você está bêbado e não está pensando direito — diz Philip se aproximando devagar de Desmond, enquanto mantém as mãos para cima, tentando acalmá-lo.

— Eu não vou a lugar nenhum até dar um fim em vocês!

Enquanto Desmond dá uma desequilibrada devido à bebida, Philip se joga em cima dele e tenta lhe arrancar a arma. Eles brigam pela posse dela e um tiro é disparado. Arabella grita, enquanto vê Philip recuando com a mão na lateral de seu corpo.

Desmond, desconcertado pelo que acabara de fazer, olha para a arma em sua mão e para Stanton, que caía de joelhos.

Arabella corre para ajudar Philip e começa a gritar por ajuda.

— Eu... sinto muito, não tinha intenção de atirar, só queria dar um susto em vocês para me deixarem em paz — comenta Desmond, ciente do crime que cometera, larga a arma e foge correndo.

O jardineiro, que estava por perto, escuta os pedidos de socorro de Arabella e encontra Philip nos braços dela, ensanguentado.

— Menina, vá correndo até a cocheira e peça para o cavalariço ir até a vila chamar o médico, depois avise o seu pai sobre o ocorrido.

Arabella ainda em choque fica olhando para Philip e tenta ajudá-lo a ficar em pé.

— Vá agora, menina! Eu o levo de volta para a casa, você consegue correr mais rápido do que eu — grita o Jardineiro, despertando-a de seu torpor.

Arabella corre com todas as suas forças, corre até seu flanco doer, avisa o cavalariço, entra em casa e fala com os criados, que, preocupados, tentam ver se ela se machucou, pois o seu vestido estava manchado de sangue.

Philip adentra a mansão carregado pelo jardineiro que é substituído por dois funcionários, enquanto o velho criado desaba em uma poltrona exausto.

Os pais de Arabella são acordados, além de Beaumont e vários outros convidados.

Beaumont, sabendo de toda a história por Arabella, monta uma operação com mais cinco cavaleiros para irem atrás de Desmond, além de avisar o xerife sobre a tentativa de assassinato do duque, que também destaca alguns homens para ajudar na perseguição.

O médico chega e examina Philip, remove a bala, que ainda estava em seu abdômen, e o sutura. No entanto, ele não sabia se o tiro havia atingido algum órgão vital. Além disso, a lesão era profunda, mas felizmente ele conseguira aplacar o sangramento. Agora o momento era de espera, pois só o tempo poderia dizer se ele sobreviveria ao ferimento.

CAPÍTULO 21

Desmond

esmond, já lúcido da bebedeira, parte a galope para Londres. Ele força o seu cavalo ao máximo, pois precisava fugir do país, mas para isso ele precisava conseguir algum dinheiro.

Ele segue para a casa da Baronesa de Kent, ela não deixaria de ajudá-lo em uma situação dessas, quem sabe a convenceria a fugirem juntos. Eles poderiam vender as joias dela para se sustentarem por um bom tempo. Depois, ele pensaria em algo para conseguirem mais dinheiro.

Desmond chega na propriedade da baronesa com o seu cavalo espumando pela boca de exaustão e entra de supetão na casa.

— Milorde, Lady Kent não pode recebê-lo hoje, ela está indisposta — anuncia o mordomo.

— Saia da minha frente, homem. Se não quiser levar um soco na cara.

O mordomo se afasta e Desmond corre até o quarto da baronesa, pois sabia que o barão permanecia grande parte do tempo no campo, enquanto ela ficava em Londres o máximo que podia.

Ao adentrar no quarto de sua amante, ele para diante de uma cena inesperada, a sua Baronesa, o seu amor, estava de quatro na cama, com um homem a fodendo. Um rapazote que não devia ter nem dezessete anos, filho mais novo do Conde de Rothschild.

Um ódio intenso o domina e ele agarra o rapaz pelos cabelos e o joga no chão, mandando ele ir embora, se não quisesse ser espancado até a morte.

O covarde parte desesperado pegando as roupas pelo caminho.

— Sério! Realmente precisava disso, Desmond? — pergunta a Baronesa tranquilamente, enquanto se aconchega nos travesseiros, sem nenhum pudor ou remorso, sequer se cobrindo para esconder a sua nudez.

— Não acredito que você está me traindo com aquele imbecil do filho de Rothschild! O rapaz nem barba tem — exclama Desmond, andando de um lado para o outro no quarto.

— Não seja tão pudico, meu querido. Eu tenho necessidades, tanto quanto você. Bom, não importa. Vejo pelo seu estado que não é a minha cama que você veio compartilhar.

— Não, estou numa enrascada e preciso fugir do país. Atirei no Duque de Stanton e acho que o matei.

— Você fez o quê?! Não é possível que você seja assim tão idiota — responde a Baronesa se levantando da cama e vestindo um penhoar.

Ela se dirige até uma mesa e serve duas taças de vinho, entregando uma para Desmond, que bebe tudo de uma única vez. Exasperado, começa a passar a mão no rosto e nos cabelos.

— Catherine, eu vim lhe pedir para fugir comigo, deixe o velho Barão e partamos juntos para as Américas.

Ela o observa com incredulidade e começa a rir descontroladamente, indo se deitar de lado em um divã, com a taça de vinho em sua mão.

— Não seja idiota, acha mesmo que eu colocaria a minha vida em risco, por você? Se eu fizesse isso e nos pegassem, iriam me condenar à forca por ser cúmplice de assassinato e adultério. Não, meu querido, eu dou muito valor a minha vida e não quero ir ao encontro do cadafalso.

— Mas e tudo o que conversamos nesses anos, sobre ficarmos juntos depois que o barão morresse? Você disse que me amava e que se pudesse ficaria comigo.

— Ah, não seja ridículo, Desmond. Faz meses que não ficamos juntos. Duvido até que você ainda me ame. Você está perdendo o seu tempo estando aqui conversando comigo, se eu fosse você já estaria bem longe da cidade.

— Eu não tenho dinheiro suficiente para me manter, pensei que poderíamos vender as suas joias e...

— Vender as minhas lindas joias? Que absurdo! Se precisa de dinheiro, sugiro que vá pedir ao seu irmão. Ele não vai lhe negar ajuda, pois não vai querer sujar o nome da família com um irmão sendo enforcado por assassinar um Duque. Além disso, quanto mais ele souber do ocorrido, ele conseguirá controlar a notícia que sairá nos jornais.

Desmond vendo a indiferença dela com relação a sua situação, vai embora, roubando o cavalo do barão no caminho, já que o seu estava esgotado pela viagem. Ele parte em direção à casa de seu irmão.

Ao adentrar no escritório de Rathbone, Desmond conta a ele todos os eventos que antecederam a sua chegada, ocultando apenas a parte com a baronesa.

Rathbone se levanta e vai até a janela, depois de passados alguns minutos, enquanto permanece olhando para a rua, comenta:

— Você não pode partir para as Américas, será a primeira coisa que eles irão verificar. Os policiais irão te procurar em todos os navios que estão partindo de Londres na data de hoje e nos portos mais próximos, além de toda a região de Derbyshire. Não, você deve fugir para um lugar que eles nunca irão pensar que você poderia se esconder. Você deve se alistar ao exército. Ninguém irá imaginar que você faria algo desse tipo.

— Exército! Mas eu vou acabar morrendo na guerra.

— Claro que não, vou lhe dar dinheiro suficiente para comprar uma patente de capitão. Você sabe que os nobres nunca participam ativamente dos conflitos. Assim, você permanece escondido. Eu sei que o Duque de Wellington está partindo para uma viagem pelos países baixos agora que Napoleão está preso na ilha de Elba. Você deve ir com o destacamento dele e permanecer com o exército.

— Parece um bom plano — responde Desmond, ainda com dúvidas.

— Vou te dar uma carta de crédito para comprar a patente e dinheiro em espécie para alguma eventualidade. Isso deve bastar por um tempo. Depois você terá o salário do exército para se sustentar. Então, assim que a guerra acabar, você pode partir para algum outro país. Quando os conflitos com a França cessarem, terá se passado meses e esse episódio será esquecido. Contudo, você jamais poderá voltar para a Inglaterra.

Enquanto falava, Rathbone já ia separando as coisas para entregar a Desmond.

— Agora vá e seja discreto, não chame atenção para si mesmo, para que não te localizem, lembre-se que agora você é um foragido. Tentarei segurar o máximo possível a notícia sobre o assassinato de Stanton dos jornais.

— Obrigado, Robert. Você nunca me abandonou, sempre me ajudou nos piores momentos.

Desmond abraça o irmão e quando já estava na porta do escritório, ele para e faz um último pedido a ele.

— Robert, por favor, cuide da minha família. Jane e a criança são inocentes. Não merecem sofrer pelos meus pecados.

— Cuidarei deles, não se preocupe.

Rathbone observa o irmão sair a galope e pensa que não seria ruim se ele morresse em batalha. Quem sabe assim ele se redimisse pelos seus atos.

CAPÍTULO 22

Arabella

pós três dias do fatídico encontro com Desmond, em que Philip fora baleado, apesar de todos os esforços do médico para tratar o ferimento, o local onde a bala havia se alojado estava inflamado, vertendo uma secreção amarelada com mau cheiro e vermelhidão.

Além disso, Philip começara a apresentar febre, que não abaixava mesmo com o médico fazendo sangria. Também era-lhe administrado láudano para dor, fazendo com que ele permanecesse inconsciente a maior parte do tempo. O estado dele se agravava a cada dia e Arabella não sabia mais o que fazer para ajudá-lo.

Enquanto isso, Beaumont contratara homens para capturarem Desmond e, desta forma, o levarem à justiça para pagar pelo crime que cometera.

— Minha filha, você precisa descansar pelo menos um pouco. Desde o ocorrido, você mal come e não dorme. Se continuar desse jeito, também ficará doente — comenta a Sra. Sunderland.

— Você não entende, mãe. Eu o amo. Não posso perdê-lo e não irei deixá-lo sozinho — declara Arabella chorando, enquanto segura a mão de Philip.

— Oh, minha querida! Fico tão feliz por você ter encontrado o amor, depois de tudo o que você passou. E agora isso... O destino às vezes pode ser muito cruel — declara Lady Sunderland com lágrimas nos olhos, enquanto abraça a filha.

Elas escutam uma batida na porta e o pai de Arabella entra no quarto, avisando que o Doutor Harrison acabara de chegar.

O médico entra e examina Philip, logo em seguida Beaumont também aparece para saber do estado do amigo.

— Milordes, podemos conversar lá fora? — pergunta o doutor.

— Não, senhor! Me diga agora como está a situação dele — exclama Arabella, enquanto o pai dela acena para o médico, dando-lhe permissão para falar.

— Bom, infelizmente, sinto muito informar para vocês que devem se preparar para o pior. Não posso mais sangrá-lo para abaixar a febre. Vossa Graça está cada dia mais fraco, mesmo limpando o ferimento várias vezes ao dia, a infecção está piorando. Em breve, ela se espalhará por todo o seu corpo e então...

Todos permaneceram em silêncio durante a última frase que o médico não teve coragem de proferir. Arabella se recusava a desistir, deveria haver algo que pudesse salvá-lo.

Então, num lampejo de consciência, ela se lembra de sua amiga. Como não havia pensado nela antes? Uma centelha de esperança domina o seu coração.

— Obrigada pelos seus serviços, Dr. Harrison. Papai, por favor, envie alguém para a residência da Sra. Gilbert e lhe informe sobre o estado de Philip. Ela saberá o que fazer.

— Milady, isso é um erro. Aquela senhora é uma charlatã! Uma estrangeira em nosso país que se aproveita de pessoas desesperadas como a senhorita para lhes venderem poções feitas sabe-se lá do que. A senhorita só se iludirá com isso.

— Sinto muito, Doutor. Mas como disse anteriormente, não há mais nada que o senhor possa fazer. Sendo assim, peço que se retire, pois procurarei outros meios de salvá-lo, porque enquanto ele estiver vivo não desistirei dele. Pai, por favor.

— Irei buscá-la eu mesmo, querida! — responde Lorde Sunderland, partindo logo em seguida.

Depois de mais ou menos uma hora, a velha senhora entra no quarto carregando duas cestas dos mais diversos tipos de ervas e unguentos.

— Sra. Gilbert, obrigada por ter vindo! — exclama Arabella indo abraçar a amiga.

— Devia ter me chamado antes. Seu pai me disse que fizeram sangria nele e que ele já havia perdido bastante sangue com o ferimento. Esse procedimento nunca é a solução, para nenhum tipo de doença. Só fez ele ficar ainda mais fraco. Precisamos deixá-lo forte para combater a infecção. Agora, me ajude, vamos abrir estas janelas e apagar o fogo da lareira, pois está muito quente aqui e precisamos abaixar-lhe a febre — diz a Sra. Gilbert.

— Obrigada mais uma vez por ter vindo tão prontamente — agradece Arabella, segurando as mãos da amiga.

— Não precisa agradecer, *mon amie*. Vamos cuidar do seu amado. Peça aos criados para trazerem compressas limpas, água com gelo e água quente também.

— Sim, senhora.

Assim, o dia começa com elas limpando o ferimento com chá de confrei e fazendo o curativo com um unguento a base de mel e óleos essenciais de calêndula e amêndoas.

Para a febre, era administrado por Arabella em pequenas quantidades chá de freixo e salgueiro branco. Nos momentos em que Philip recuperava a consciência, mesmo que brevemente, elas o faziam ingerir um caldo de carne com legumes.

No dia seguinte do novo tratamento, Philip apresentara uma melhora de seu estado. Ele estava menos delirante e a ferida já não cheirava tão ruim, parando de verter a secreção amarelada. No entanto, a febre não havia cedido totalmente.

Após os dias atribulados que todos tiveram, Arabella finalmente sucumbira à exaustão e adormecera com metade de seu corpo debruçada na cama de Philip, enquanto segurava a mão dele.

CAPÍTULO 23

Philip

hilip abre os seus olhos e observa ao redor, estava no lago da sua casa, em Charlecote Park. Sem entender como chegara até ali, ele caminha pelo lago, contornando-o, se aproximando da árvore onde o seu irmão havia se suicidado.

No entanto, ao invés de sentir aquela dor no peito que chegava a lhe roubar o ar, a sensação que o dominava naquele momento era de absoluta paz.

Então, ele vislumbra próximo à margem um homem pescando. Ao se aproximar dele, toma um susto, pois aquele homem era o seu irmão Edward, que lhe sorria.

— Edward, é realmente você?

— Sim, sou eu irmãozinho.

— Como isso é possível? Eu... morri? — questiona Philip pousando a mão na lateral do corpo, onde ele sofrera o tiro, e sentindo uma leve dor ao tocá-la.

— Não, meu irmão. Você esteve perto, mas agora está tudo bem.

— Então, isso é um sonho?

— Sim e não. Você está num lugar entre o sonhar e o acordar. Um lugar que é possível encontrarmos quem nós amamos.

— Você está bem?

— Estou ótimo! Veja, estou forte e saudável. A dor já não existe mais.

— Que bom! Eu estava tão triste e me sentindo culpado por não ter conseguido salvá-lo. E ao mesmo tempo com raiva de você, por ter desistido — confessa Philip com lágrimas nos olhos.

Edward se aproxima e abraça o irmão.

— Eu sei. Por isso estou aqui. Não se preocupe mais comigo, ou com o papai e a mamãe. Estamos felizes e muito orgulhosos de você. Queríamos que soubesse disso, para que possa seguir em frente e viver de forma plena. Saiba que você não tem culpa de nada do que aconteceu, Philip, você fez tudo o que podia para me ajudar, mas, no fim, cada pessoa decide sobre sua própria vida.

— Ah, Edward, como sinto sua falta!

— Eu também, meu querido irmão. Mas, infelizmente, o nosso tempo está terminando. Está na hora de você voltar. Voltar para os braços do seu amor. Ela está muito preocupada, não saiu do seu lado nenhuma vez, é uma mulher forte e admirável.

— Sim, ela é!

— Agora, volte para ela. Amo você!

— Espere! Eu o verei de novo?

— Nos encontraremos em seus sonhos, pois a morte não separa quem se ama. Ela é apenas uma nova morada na qual habitamos, e o amor é o caminho que nos conecta.

Então, a imagem de seu irmão vai se dissolvendo em meio a uma névoa. Quando ele abre os olhos novamente, se vê deitado em uma cama, sentindo um leve perfume de jasmim permeando o ar.

— Edward... — sussurra Philip, sentindo as lágrimas deslizando por sua face.

Ele olha ao redor do quarto e se depara com Arabella deitada ao seu lado.

Ele lhe acaricia os cabelos, o que a faz despertar. Ao vê-lo acordado, ela o abraça aos prantos.

— Graças a Deus! Você acordou! Por um momento achei que o perderia para sempre. Eu o amo tanto! Nunca mais me assuste dessa forma — exclama chorando desesperadamente Arabella, enquanto pula na cama e o abraça.

— Desculpe, amor — diz Philip, beijando o caminho por onde as lágrimas dela escorriam abundantemente.

— Tudo bem, só não faça isso novamente — adverte ela, secando com a mão os olhos.

— Acredite em mim, não desejo ser baleado tão cedo — brinca ele, acariciando-lhe a face e ofertando um beijo em seus lábios.

— Você precisa de algo? Está com fome ou sede? Sente dor?

— Bom, já que perguntou, eu estou faminto. Parece que não me alimento há dias.

— E não se alimenta mesmo, faz cinco dias que você está inconsciente, devido a uma infecção causada pelo tiro. Irei providenciar agora mesmo algo para você comer. Todos ficarão tão felizes em ver que você acordou.

— Não, não vá ainda. Fique um pouco mais. Aqui. Nos meus braços.

— Se é isso que desejas...

Arabella se aconchega nos braços de Philip, enquanto ele lhe oferta um suave beijo em seus lábios.

— Que estranho, você está sentindo esse perfume? Parece jasmim, mas não tem nenhum arranjo dessas flores aqui. Quer que eu abra as janelas?

— Não, não precisa. Esse cheiro não me incomoda mais.

Assim, eles permaneceram abraçados até serem despertados pela Sra. Gilbert, que lhes trouxe um farto desjejum. Afinal, ela havia acordado com um pressentimento de que teria uma bela surpresa naquela manhã.

CAPÍTULO 24

Jane

Ela estava sozinha na sala de estar, enquanto lia com lágrimas que escorriam por sua face abundantemente a carta que recebera de Arabella relatando sobre a tentativa de assassinato do Duque de Stanton pelas mãos de Desmond e tudo o que acontecera depois desse fatídico dia.

O seu marido, o homem que um dia ela amara tanto, agora era um foragido da lei. Se não bastasse o que ele fizera com ela e sua amiga, ele conseguiu ser ainda pior do que ela jamais poderia imaginar. Nunca esperaria tal atitude dele. De fato, isso só mostrava o quanto ela não conhecia a pessoa por quem se apaixonara. Ele era um total desconhecido, um ser humano abominável e desprovido de qualquer moral.

Escutando uma batida na porta, Jane secou o seu rosto com um lenço e tentou se recompor, autorizando a entrada do criado.

— Com licença, milady. O Visconde de Rathbone está pedindo para falar com a senhora, ele diz ser um assunto urgente.

— Por favor, peça para que ele entre, Jarvis.

— Sim, milady.

Jane vai até o espelho e observa a sua aparência, olhos vermelhos e inchados, não havia muito o que ela podia fazer para melhorar o seu estado. Com certeza o irmão de Desmond estava ali para lhe avisar sobre o que havia ocorrido na casa de campo dos Sunderland.

O Visconde entra no cômodo e pede para o criado fechar a porta.

— Olá, milorde — cumprimenta Jane fazendo uma reverência.

— Minha cara senhora, vejo pelo seu estado que já deve estar ciente dos acontecimentos recentes em Derbyshire — se aproxima lorde Rathbone segurando as mãos dela e ambos se sentando lado a lado no sofá.

— Sim, de fato acabei de receber uma carta de Arabella em que ela me conta toda a história. Graças ao bom Deus, o Duque está se recuperando e fora de perigo. Como Desmond pôde ter feito isso, milorde? Não consigo entender.

— Infelizmente, não tenho uma resposta para sua pergunta, também estou completamente desconcertado com a notícia. Estou tentando controlar os jornais para não divulgarem ainda o que houve, mas está sendo uma batalha difícil com Beaumont à caça de Desmond.

— E... ele pode ser condenado à forca pelo que fez?

— Como ele não conseguiu matar Stanton, eu poderia tentar amenizar a pena dele, mas com certeza ele passaria o resto da vida na prisão. Caso seja pego.

— O senhor sabe para onde ele fugiu? Desmond o contatou?

— Não, não sei de nada.

Jane se levanta e começa a andar pela sala de um lado para outro.

— O que devo fazer? As pessoas começarão a me questionar sobre ele. E o que será de mim e Thomas? Ninguém jamais nos aceitará em sua casa depois do que ele fez. Vamos nos tornar párias da sociedade. Eu até aguento a rejeição deles, mas o meu filho é apenas uma criança, não entenderá o motivo de não ter amigos, ou as maldades que as pessoas poderão fazer contra ele.

— Por esta razão vim até aqui vê-la, para tranquilizá-la que tomarei conta de vocês dois. Não deixarei que passem necessidades e nem que os tratem mal.

Qualquer problema que a senhora tenha, venha falar comigo imediatamente.

— Ah, milorde, o senhor realmente faria isso por nós? Sei que também sofrerá consequências pelo ato nefasto de Desmond, não desejo ser mais um fardo para o senhor.

— Minha querida, não se preocupe com isso, confesso que me sinto responsável pelas atitudes do meu irmão, eu deveria ter sido mais firme com ele desde a morte de nosso pai. Agora, ele está perdido para sempre.

— Não, milorde, por favor não se culpe por isso. Desmond é o único responsável por suas próprias decisões, sejam elas boas ou ruins — declara Jane, voltando a se sentar ao lado do visconde.

— Bom, estamos resolvidos. Tomarei conta de vocês e não falamos mais sobre isso. Agora, Desmond está entregue à própria sorte, deixemos nas mãos da providência divina o que será feito dele.

— Obrigada, milorde, por ser tão bondoso — agradece Jane segurando as mãos do visconde, que a puxa para um abraço.

— Fique tranquila, minha querida. De hoje em diante, você não estará mais sozinha, sei que o meu irmão foi bastante negligente com vocês, mas ao meu lado nada lhe faltará — declara Rathbone, enquanto acaricia as costas de Jane, sentindo o perfume suave de seus cabelos e pensando em como ela seria uma ótima substituta a sua esposa estéril, que em seis anos ainda nao lhe dera um herdeiro. Talvez uma mulher mais jovem e mais bonita seria a solução perfeita para os seus problemas. Além disso, ninguém estranharia caso ele desposasse a viúva de seu irmão, vindo ele a ser viúvo também.

Depois da morte de Desmond na guerra e de sua esposa em algum trágico acidente, nada mais natural eles se confortarem após tantos infortúnios.

CAPÍTULO 25

Philip

*P*hilip estava em busca de sua esposa, fazia mais de três horas que não a via, pois estava envolvido nos negócios da propriedade com o seu administrador.

Quem sabe ele conseguiria roubar-lhe um ou mais beijos até que tivesse que voltar ao trabalho. Afinal, em breve o reverendo chegaria com alguns membros do conselho para ver os preparativos do festival de primavera, evento que eles seriam os patronos.

Em tão pouco tempo, Arabella havia se tornado, uma mulher bastante apreciada por todos da comunidade. Ela passou a contribuir com a escola para a educação de jovens, independentemente do gênero ou da classe social.

Outro de seus projetos era disponibilizar aulas para adultos que não sabiam ler e escrever. No entanto, esse programa estava sendo um desafio, pois muitos sentiam vergonha dessa condição, ou não tinham tempo para estudar.

Além disso, para as mulheres que desejassem ter um trabalho, Arabella criara uma feira para venderem os seus produtos que eram na grande maioria compostos por colchas, bordados, geleias, pinturas e outros. Dessa forma, elas poderiam complementar a renda famíliar, ou terem alguma independência financeira.

Esse último programa era extremamente pessoal para Arabella, pois foi inspirado pelas dificuldades que sua amiga Jane passara para se sustentar.

Enquanto pensava em como estava orgulhoso de sua esposa, Philip entra na sala privativa dela. Contudo, esse cômodo também estava vazio.

Cansado, ele se aproxima da escrivaninha e se senta na cadeira. Entediado pela espera, decide ler os papéis que ela havia deixado sobre a mesa.

— Philip, eu estava a sua procura! — anuncia Arabella entrando na sala.

— Que coincidência, eu também estava procurando por você! Acho que nos desencontramos.

Arabella se aproxima e ele a puxa para o seu colo.

— O que faz aqui bisbilhotando? — pergunta ela o abraçando pelos ombros e lhe dando um beijo.

Philip sorrindo responde:

— Estava entediado enquanto a esperava. Estive pensando que poderíamos aproveitar o pouco tempo livre que ainda temos, antes de o reverendo e o conselho chegarem, e acabei lendo o seu manuscrito.

— E... O que você achou do texto?

— Não está bom. Falta alguma coisa... No final.

— É mesmo? E o que seria? — questiona ela, insegura, juntando as folhas e relendo o que escrevera.

— O seu nome, o seu verdadeiro nome.

— Ah, Philip!

Com lágrimas nos olhos ela o beija demoradamente, sentindo cada parte de sua boca, enquanto acariciava a sua face. Grata por ter conhecido esse homem extraordinário e bondoso. Ela nunca imaginara que poderia ser tão feliz.

Então, ele seca as lágrimas de seus olhos com beijos, passando a mão em sua barriga, pois estava grávida de cinco meses.

— Como está o nosso filho ou filha?

— Grande e forte. Falando nisso, antes de voltar para a sala, pedi para me trazerem um chá com bolo e biscoito, pois já estou morrendo de fome — comenta ela, colocando a mão sobre a dele que estava em sua barriga.

— Humm, prefiro saborear os seus doces lábios a qualquer bolo ou biscoito. Nada é mais suculento do que os seus beijos.

Assim, seus lábios se tocam e o beijo se aprofunda, entregues um ao outro.

Para todo o sempre!

♥

MANIFESTO PELO DIREITO DA MULHER
À EDUCAÇÃO

"Não desejo que as mulheres tenham poder sobre os homens, mas sobre si mesmas." Por Mary Wollstonecraft.

Mary Wollstonecraft era uma escritora singular, a qual admiro profundamente. Em seu livro "Reinvindicação dos Direitos da Mulher", ela aponta um direito fundamental e que muitas vezes nos é negado ou limitado, a EDUCAÇÃO.

Normalmente somos tratadas pela sociedade, principalmente pelo sexo masculino, como meros enfeites ou propriedades, ou pior, como seres não pensantes ou inferiores por não termos a mesma educação dedicada aos homens. Limitando, assim, o nosso conhecimento e nos restringindo a ideias frívolas e sem importância, com desculpas de que somos delicadas demais para tais saberes.

Esses argumentos são apenas artifícios criados pelos homens para nos submetermos as suas vontades e com isso evitar que façamos parte integral da sociedade, a qual temos direito tanto quanto eles.

Contudo, apesar desses obstáculos, encontramos em nossa comunidade mulheres formidáveis, como: parteiras, curandeiras, professoras. Estas mulheres muitas vezes são tratadas com desdém pelo sexo oposto, que se sente ameaçado por sua sabedoria adquirida a um grande custo.

Pergunte a si mesma, se alguma vez quando o médico não conseguia cuidar de uma enfermidade, você recorreu a uma curandeira? Ou aos serviços de uma parteira? Essas senhoras extraordinárias que possuem o entendimento sobre a natureza, ou que trazem os nossos filhos ao mundo, vão transmitindo os seus conhecimentos de mães para filhas, mas que muitas vezes são ridicularizadas ou menosprezadas simplesmente por serem mulheres.

Acredito que nós poderíamos contribuir muito para a nossa comunidade. Imaginem um mundo onde todos pudéssemos ser educados e ensinados igualmente. Teríamos, com ísso, uma sociedade mais próspera e justa.

Como Mary disse no início desse manifesto, eu desejo, como

ela, ter o poder sobre mim mesma, mas, para isso, preciso que a sociedade me permita ter **ESCOLHAS**, sejam elas quais forem, independente do meu gênero ou da minha classe social.

Assim, espero que todos nós, homens e mulheres possamos juntos trilhar um caminho com os mesmos direitos e oportunidades. E, com isso, fazermos de nosso mundo um lugar mais justo para se viver.

Arabella Stanhope Spencer

Duquesa de Stanton

EPÍLOGO

Acampamento do Exército Britânico, 1815.

— Com licença, Vossa Graça. Um mensageiro acaba de chegar com uma correspondência urgente — avisa o soldado.

O Duque de Wellington pega a carta e lê a seguinte mensagem:

♥

Londres, 13 de junho de 1815.

Vossa Graça, chegou a nosso conhecimento que um membro do seu regimento está foragido pela tentativa de assassinato do Duque de Stanton.

O senhor Desmond Grant, após ter realizado esse ato nefasto, que felizmente não conseguiu atingir o seu objetivo, escondeu-se em seu batalhão.

Nós estamos à procura dele há mais de um ano e graças aos esforços do Marquês de Beaumont, em busca de justiça pelo amigo, descobrimos a localização do patife.

Sendo assim, ele deve ser enviado a Londres para prestar contas à justiça, quão rápido o general possa disponibilizar homens para acompanhá-lo.

Boas campanhas,

Robert Banks Jenkinson

Primeiro Ministro Britânico

Conde de Liverpool

♥

— Senhores, acredito que encontramos o nosso homem, que comandará um pequeno destacamento para servir de ardil aos soldados franceses — anuncia o Duque de Wellington entregando a carta ao seu comandante, que a leu em seguida.

— Tem certeza, Wellington? Esse homem é um bêbado notório.

— Sim, tenho certeza. Separe uns vinte soldados, os descartáveis, a escória do exército. Vamos ver se conseguimos distrair Napoleão, para dar tempo dos prussianos se juntarem à batalha. Melhor ele morrer sendo útil ao país, do que na forca.

♥

Waterloo, 18 de junho de 1815.

Jane,

Após eu ter baleado o Duque de Stanton, fugi para me esconder no exército, acreditando que este seria o último lugar que vocês me procurariam.

Por ordens do Duque de Wellington, me juntei às tropas prussianas e após perdemos a luta contra um contingente de Napoleão, não desistimos da batalha e partimos rumo a Waterloo e esta, provavelmente, será a última vez que você terá notícias minhas, pois existe a grande possibilidade de que eu venha encerrar a minha existência no combate que está prestes a ocorrer.

Então, antes que o meu fim chegue, escrevo esta carta com o coração apertado de pesar e ciente de todas as barbáries que cometi contra você, o nosso filho e tantas outras pessoas.

Enfim, quero apenas pedir a vocês que me perdoem, estou extremamente arrependido de meus atos. Hoje, tenho consciência que o meu destino foi causado somente por minhas terríveis ações.

Me despeço de vocês com grande pesar, pois agora que os tambores soam e o odor do medo toma conta de meus companheiros e do meu ser, toda a minha existência vem à mente, e tenho a percepção de como a minha vida teria sido diferente se ao menos eu tivesse dado uma chance a nossa família, se tivesse sido um homem bom e honrado... Eu seria digno do seu amor.

Ao pequeno Thomas, desejo que ele se torne um homem muito melhor do que eu jamais fui. Sei que ele sendo criado por uma mulher como você, amorosa e inteligente, ele será alguém de quem todos irão querer ter ao seu lado.

E, em relação ao assassinato de Stanton, sei que não mereço perdão. Em minha defesa, eu estava tão perturbado pela bebida, que no ímpeto de os assustar, provoquei essa tragédia.

Doce Jane, desejo que vocês tenham uma vida longa e feliz, cheia de sorrisos e esperanças de um futuro melhor.

213

♥

Desmond termina de anotar o endereço e o remetente no verso da carta que acabara de escrever, e a guarda no bolso interno de seu uniforme na esperança de que, quando encontrarem o seu corpo sem vida, a pessoa se compadeça e a entregue a sua esposa.

Ele, então, respira fundo, corre rumo ao campo de batalha com o seu mosquete em mãos e reza a Deus que tenha piedade por sua alma perdida.

AGRADECIMENTOS

Escrever o meu primeiro romance foi um grande desafio que só pôde ser possível com a orientação da minha mentora Lella Malta.

Lella foi minha guia durante esta jornada e agradeço a ela e a minha amiga Sirlei, pelo dia que a Si me apresentou o perfil da Lella no instagram @lellamalta e entrei nesse grupo incrível de mulheres, que é o: **Escreva Garota.**

O Escreva Garota trouxe para mim conhecimento, sororidade e amizade, é nele que encontro refúgio na minha escrita e que compartilho minhas inseguranças e sonhos que ela me traz.

Também gostaria de agradecer as minhas maravilhosas leitoras betas, Luana Andrade do @lidosdaluana e Fernanda Lopes do @chicnicliterario, essas duas mulheres gentis, doces e ávidas leitoras contribuíram com dicas valiosas que tornaram este romance ainda mais especial.

A Ingrid Peixoto, do @serei_aleitora, a minha gratidão pela maravilhosa aula lecionada no Escreva Garota sobre o Feminismo na Literatura, que me possibilitou ter a inspiração de como seria construída a personalidade de Arabella e sua mentora, a Sra. Gilbert. Foi através desta aula, que eu conheci os escritos de Mary Wollstonecraft e Olympe de Gouges, mulheres as quais tem me influenciado e continuarão fazendo parte dos meus romances nessa série de livros que chamo de: **"Mulheres Inesquecíveis".**

E, por fim, para você, querida leitora, obrigada por me acompanhar junto de Arabella nesta jornada de superação, amizade e sororidade. Que cada vez mais possamos estar unidas contra o patriarcado, e que mais grupos como o Escreva Garota venham nos auxiliar nesta luta.

SOBRE A AUTORA

Vanessa Paes Leite, nasceu em Dourados – MS. Ama ler desde criança começando a escrever pequenas histórias e poemas, que raramente mostrava a alguém.

Durante a pandemia de coronavírus ao completar 40 anos, criou coragem em publicar os seus escritos. Foi neste período que conheceu o grupo de apoio, engajamento e capacitação continuada para mulheres o: Escreva Garota, que abriu as portas para a publicação independente na Amazon.

Um Encontro Inesquecível é seu primeiro romance e faz parte da série **Mulheres Inesquecíveis** à venda na Amazon nos formatos digital e físico.

Para mais informações sobre a autora, segue suas redes sociais:

Instagram: @vanessapaesleite

Tiktok: @vanessapaesleite

Site: www.vanessapaesleite.com.br

E-mail: contato@vanessapaesleite.com.br